KB077688

우리는
각자의 말로
사랑을 했다.

우리는 각자의 말로 사랑을 했다。

조성일 글 | 박지영 그림

팩토리나인

책을 내며

똑같은 이유로 똑같이 아픈 날이 없기를

용케 두 번째 책까지 쓰게 됐다.
첫 번째로 끝났어도 충분히 영광스러웠겠으나
하고 싶은 말이 남아 쓰다 보니 여기까지 이르렀다.

신기할 따름이다.
글을 쓴다는 게 쉽지 않은 일이라고 생각했지만,
이 정도로 힘겨운 시간이 될 줄은 몰랐다.
쓰던 글을 모아 책으로 내는 것과
책을 내기 위해 쓰는 것은 다르다는 것을 알았다.
그럼에도 이런 기회가 다시 한 번 주어졌음에 감사한다.

이번에도 이별에 대해 말했다.
다만 저번 책과 다른 점이 있다면,
내가 하고 싶은 이야기 안에 독자를 가두지 않았다.
구체적인 상황보다
모호한 상황으로 열린 결말을 만들어두었다.
그 글에 각자의 경험을 넣어 완성하면

더 의미 있지 않을까 생각했다.
내가 잘나서 쓴 글이 아니라
묘하게 독자의 글이 되는 느낌을 주고 싶었다.

가볍게 읽고자 하는 책에 생각을 더하는 일이
조금은 번거로울 수 있으나,
마지막 퍼즐은 읽는 사람의 기억이었으면 좋겠다.
그래서 같은 이야기라도
수백 가지의 마음이 담기길 바랐다.

헤어지고 방황하던 시절
내게 위안이 되었던 누군가의 글귀처럼,
이 책도 그 누군가에게 그런 감정을 전할 수 있기를.
날선 기억에서 무뎌진 추억으로,
희미한 기억 저편의 사람이 생각나
그 순간 마음이 촉촉이 젖어드는 책이 되길 바란다.

내가 그랬듯이 이 책을 읽는 여러분도
같은 과정을 겪을 거라 생각한다.
이제는 현실이 된 이별을 어떻게 극복할지,
어떻게 하면 사랑의 정체기에서 벗어날지 고민하면서
각자 자신만의 답을 찾을 것이다.

답을 찾지 못한 사람들에게는
다른 사람이 잘 버텨냈다는 것을 보여주고 싶었고,
답은 찾은 사람들에게는
그 순간이 힘겹긴 했어도 지금의 나를 만들어준
귀중한 시간이기에 아련한 추억으로
잘 간직하길 바라는 마음을 담았다.

다음 기억은 이번과 같지 않기를,
조금 아플지라도 무너지지 않기를,
똑같은 이유로 똑같이 아픈 날이 없기를.

차례

part 2. 아무렇지 않게 홀로 견디기 위해서

part 3. 보고 싶지 않다는 새빨간 거짓말

part 4. 너를 다시 만나도 난 서툴 거야

PART I

우리에게 다가왔던 그 모든 순간들

언제부터 사랑이 노력이었을까.

어느새 해야만 하는 숙제로 남았을까.

당연한 것들이 번거로워지고,

습관이 수고가 돼버린 걸까.

나의 사실, 너의 오해

오해는 사라지지 않는다.
너와 내가 원하는 답이 다르기에.

나에게 사실인 것이
너에겐 오해이고

너에게 사실인 것이
나에겐 오해이기에.

오해를 풀고자 노력했지만
서로가 원하는 것이 달라

우리는 결국 오해라는 단어로
서로를 갈라놓기 시작했다.

서로가 편하기 위해서.

장난 같은 날

집으로 오는 버스 안에서
얼마나 울었는지 모른다.

그때 마침 나오던 노래가
얼마나 슬펐는지 모른다.

달라진 것은 분명 하나밖에 없는데
느끼는 감정은 얼마나 다른지 모른다.

차창 너머로 보이던 거리가
얼마나 뿌옜는지 모른다.

알아주길 바라지만
알아줄 수 없는 상황이고

돌이키고 싶지만
돌이킬 수 없는 현실이다.

애써 외면하려 해도
그럴 수 없고

지금도 네가 무엇을 하고 있나
생각하게 되는 순간이다.

이 모든 게 꿈이길,
지독하게 생생한 꿈이길 바라지만
그건 아니겠지.

내일 눈 뜨기가 두렵다.
또 이런 하루를 맞이하기가 두렵다.
그냥 이 모든 게 장난이면 좋겠다.

머리로 이해하는 현실과
내가 바라는 모습의 차이가
조금 크게 느껴진다.

우리가 함께한 추억이
우리가 함께한 시간이
변변치 못한 이야기가 된다는 게
선뜻 이해가 되지 않는다.

설마 이럴 줄이야.
훌쩍이며 감정을 비워내려 해도
차오르는 생생함을 나는 비워낼 수가 없다.

끝을 말하는 너에게

내일이면 우린
다시 만날 수 없겠지.

얼마 전부터 느껴졌던 불안이
내일이면 또 다른 결과로 다가오겠지.

돌이켜보려 노력했지만
좀처럼 풀리지 않는 우리의 관계가 씁쓸했다.

처음 서로의 존재를 알았을 때 느꼈던
감정은 어디로 가버린 걸까.

왜 상황은 우리를 멀어지게 했으며
서로를 가질 수 없는 사람으로 만들어버린 걸까.

함께하고 싶지만 더 이상 바뀌지 않겠기에
어쩔 수 없다, 나를 토닥인다.

안타깝지만 내 손을 떠나버린 느낌에
막막함이 가득 차오른다.

그러지 않기를 바라지만
내일 너의 입에선 끝이란 말이 흘러나오겠지.

예상하지 못했을 때
느끼는 막막함도 아프지만

예상했어도 돌이킬 수 없는 답답함이
마음을 짓누르는 이별전야.

익숙함의 배반

슬픈 건 아쉬움이 아니라
허전함 때문인지도 모른다.

익숙해졌다는 느낌,
그것이 당연하다는 것, 그것과 멀어진다는 것.

너와 헤어지고 그게 나의 현실이 됐을 때
마지막 순간 나에게 했던 모진 말보다
너와 함께 익숙했던
일상이 무너졌기 때문인지도 모른다.

아쉬움이나 그리움보다는
우리를 이어주던
휴대폰을 들었다가 다시 내려놓고
한참을 멍하니 지켜봐야 한다는 것.

그것이 네가 아픈 이유가 아닐까.

아무렇지 않은 척

사실 느끼고 있었다.

얼마 전부터 느껴지던 텅 비어버린 시선,
허전함을 떨쳐버릴 수 없는 말투.
같이 있지만 어딘지 모르게
내 것이 아닌 너의 표정.

확실히 달라진 너는
아무렇지 않은 척 나에게 연기를 했다.
누구보다도 솔직한 네 모습이
그 순간에는 나를 막막하게 만들었다.

너에게도 힘들고
나에게도 힘든 시간이었다.
억지로 마주 보고 있는
시간이 길게만 느껴졌다.

형식적인 말들만 오고 가면서
나도 우리의 관계를 돌아보았다.
아름답다고 자부하던 흔적엔
서서히 각자의 시선이 차올랐다.

아니라고,
그냥 지나가는 거라고 최면을 걸어도
손길에서부터 너는 날 밀어내고 있었다.
아니라고 말하지만
눈빛과 몸짓은 나를 향하지 않았다.

때로는 억울하고 때로는 서글펐다.
사랑 노래의 주인공에서
이별 드라마의 주인공이 돼버린 것만 같아서.
비껴갈 줄 알았던 상상이
나의 일상이 돼버린다는 사실이.

나의 절실함은

너에게 조급함이었다.

나의 바람은

너에게 욕심이었다.

나의 기대는

너에게 구속이었다.

나의 사랑은

너에게 부담이었다.

예감했던 말

어딘지 모르게 달라진 말투,
왠지 모르게 나를 멀리하는 몸짓,
점점 식어가는 눈빛.

언제부턴가 네가 나를 정리하고 있다는 생각이 들었다. 그렇게 생각하지 않으려고 했지만 보이는 것은 나에게서 최대한 멀어지려는 너의 행동이었다. 그런 모습은 나를 한 뼘씩 작아지게 했고, 어떤 말도 할 수 없게 만들었다. 괜히 말을 꺼내면 그대로 끝나버릴 것만 같아서.

그리고 머지않아, 우리에게 끝이 찾아왔다. 그날따라 넌 유난히 나를 멀리했다. 결심한 듯한 표정과 의미 없는 시간을 견딘 눈빛까지, 모든 게 오늘이 끝이라는 것을 설명했다. 울리는 전화를 받지 말아볼까, 그럼 조금 더 버틸 수 있지 않을까, 조금만 더 네 곁에 머물면 좋겠다는 생각을 했다.

너의 말은 간결했다.
더 이상 이 관계를 유지하고 싶지 않아.
여기까지만 했으면 좋겠어.

파르르 떨리는 손, 벌렁거리는 심장을 감당하기엔 나는 아직 준비가 되지 않았다. 언제고 올 줄은 알았지만, 막상 그 순간이 닥치니 준비했던 말들이 입 밖으로 나오질 않았다.

내가 바란 엔딩은 이런 게 아니었는데.

온종일

쉽지 않았다,

내 마음을 네 마음으로 옮기기가.

말로 전하기엔

가벼워 보였고

글로 적기엔

엄두가 나지 않았다.

포기하기엔

커져버린 마음을 잘라낼 수 없었고

용기를 내기엔

너의 거절이 무서웠다.

그렇게 나는

온종일 네 생각뿐이다.

우리에게도

너를 만나고
세상은 변했다.

바싹 말라 있던 마음엔
설렘이 피어올랐고

싸늘했던 입꼬리엔
어느새 미소가 번졌다.

세상 모든 행복은
우리의 것이었다.

잘 맞물린 톱니는 그렇게
우리를 평화로운 안식처로 데려가는 듯했다.

우리가 마주 잡은 손의 온기는
추위도 다가서지 못하게 막아주었고

아찔하게 스며드는 너의 향기 속에서
나는 세상에 오직 너만 존재한다고 느꼈다.

우리에게도
그런 적이 있었다.

우리에게도.

조금만 천천히

네가 날 좋아하는 건 알겠어.

그런데 아무리 생각해도
내가 너에게 받고 있는 사랑의 전부를
똑같이 너에게 주진 못할 것 같아.

그게 계속 미안함으로 쌓여서
너를 멀리하는 이유가 될 것만 같아.

내가 너에게 맞춰갈 수 있게
조금만 천천히
같이 가주면 안 되겠니?

딱히 설명할 수 없는

내가 널 더 많이 좋아한다고
느낀 순간부터
너의 행동에 예민해졌다.

무심결에 내뱉은 한마디에도
내 마음은 철렁거렸고

딱히 이유가 있지는 않았지만
달라졌다고 느껴지는 순간에는
너를 많이 다그쳤다.

아니라고 생각하고 싶어도
자꾸만 네가 떠날 것만 같았고

차분히 설명하는 너를 보고도
내 불안은 쉽게 사라지지 않았다.

너를 보고 있는 지금 이 순간도
불안을 떨쳐내기 힘들다.

우리는

서로에게 완벽하지 않지만

맞춰가려는 노력 덕분에

관계를 유지할 수 있다고 생각해.

우리가 만약 헤어진다면

처음과 달리

맞춰가는 데 지쳤거나

맞춰가기 싫어서가 아닐까.

사람들은 나에게

포기하라고 그랬다.
그래야 내가 편하다고 그랬다.

사람들은 계속 그렇게 말했다.

그게 잘 안 된다.
신경을 끊어야지, 끊어야지
백 번 천 번 다짐해봤지만

하루에도 수십 번씩
가슴속에서 뭔가 치밀어 오른다.

이러기 싫지만
계속 네가 생각난다.

조심하자, 우리

나의 불안은
너로부터 시작된 걸까,
나로부터 시작된 걸까?

예전과는 다른 네 모습을 보면
너로부터 시작된 것 같은데

나 역시
너의 작은 움직임에도 반응하는 걸 보면
나로부터 시작된 것 같기도 해.

이유가 어찌 됐든
우리의 과정이 자꾸만 삐걱거려.

언제부턴가 우리는
서로를 납득시키기 위해
같은 편이기보다는 적이 돼버린 것 같아.
그래서 각자의 얘기를
그럴듯하게 포장하는 것 같기도 해.

맘고생

언제부턴가 기다림이 당연한 일이 되었다. 하는 일이 바쁘다던 그때부터 점점 너를 보는 날들이 뜸해졌다.

다음 주는 괜찮을 거야.
다음 달은 괜찮을 거야.

일에 집중하는 너를 뭐라고 하기엔 그것도 이해 못 하는 옹졸한 사람이 되는 것 같았다. 처음엔 바쁘니까 그렇겠지, 생각하고 넘어갔다. 만날 수는 없어도 연락만큼은 꾸준히 했으니 그래도 위안을 삼았다. 그런데 일에 지쳐서인지 의무감 때문에 억지로 연락하는 건 아닌가 하는 느낌이 들었다. 내가 뭘 하고 있는지 정말 궁금해서 물어보는 게 아니었다. 그냥 이때쯤 물어봐야 할 것 같은 느낌에 예의상 툭 던지는 듯한 말투.

이러면 안 되는데 생각했지만 나도 솔직히 조금씩 지쳐갔다. 매일같이 붙어 있다가 두 달에 한 번 꼴로 보게 되는 네 모습은 꽤나 지쳐 있었다. 그런 모습을 보면 또 안쓰러워 이러면 안 된다 마음을 다잡지만, 너를 보내고 홀로 있는 시간이 가끔 버거워질 때가 있다. 그럼에도 너에게만큼은 못난 사람으로 보이고 싶지 않아 하고 싶은 말들을 꿀꺽 삼킨다.

화가 갑자기 솟구칠 때는 좋았던 날을 억지로 떠올려보며 하루를 버텨낸다. 그러다가도 약속을 깨버리는 너를 보면 이러다 헤어질지도 모른다는 생각이 불현듯 머릿속을 채운다. 그러지 말아야 한다고 생각하지만 내 맘고생을 몰라주는 너를 보면 그런 마음이 들기도 한다.

변했다는 말

점점 무뎌지는 것 같아.
처음 너를 만났을 땐
해주고 싶은 게 참 많았는데

고마운 기색이 사라지고
당연한 듯 모든 것을 바라는
너를 보니 맥이 좀 빠진달까.

아이처럼 좋아하던 모습은 온데간데없고
들어주지 않으면 이해할 수 없다는
표정과 변했다는 말.

처음엔 나도 그러지 않았어.
고마워하는 너의 진심을 알았기에
해줄 수 있는 게 보람차고 행복했지.

그런데 네가 달라지고 나니
내가 이 짓을 왜 하는지
의문이 생기더라.

연인 사이에 당연한 거라 말하는 너를 보며
내가 알던 너는 어디로 갔을까,
다시 한 번 생각하게 되더라.

나는 단지 너라서 해주는 것이었지
바람직한 애인이 되려고 그런 게 아니었어.

그게 반복되니 우리 관계에
어느새 찝찝함이 생기더라.

나도 사람인지라
고맙다는 말도 듣고 싶고
너의 진심 어린 표정도 보고 싶어.

치졸해 보이는 것 같아 말할 수 없었지만
그냥,
당연하게만,
내 노력을 의미 없게만 하지 말아주라.

잘할 걸 그랬어

난 너에게
참 많은 걸 했다고 생각했는데

왜,
해주지 못한 것만 생각이 나는 걸까.

가만히 생각해보면
모자람보다 지나침이 많았기에

해주지 못한 아쉬움은
남지 않아야 하지만

못다 한 아쉬움이
나를 호락호락 놓아주지 않는다.

너를 떠올리면
잘했던 순간은 감쪽같이 사라지고

실수로 내뱉은 말들과
미처 신경 쓰지 못한 어설픔이
뇌리를 떠나지 않는다.

한없이 잘하면
헤어져도 아쉬움 없이
그 사람을 지울 수 있다고,

그 말을 철석같이 믿었는데
모두에게 정답은 아니었나 보다.

그렇게,
너를 배려한 것보다
잘해주지 못한 아쉬움이
나를 너에게서 멀어지지 못하게 한다.

웃으며 보고 싶은 거지

우스운 사람이 되고 싶지는 않아.

너에게 맞춰갈 수 있게

조금만 천천히

같이 가주면 안 되겠니?

너를 보내고

존재만으로도
미소 짓게 하는 사람이었다.

굳이 무언가 하지 않아도
굳이 곁에 있지 않아도

생각만으로도 온 세상이
내 것 같은 마음이 들게 하는 사람이었다.

내 편이라는 사실 하나만으로
걱정조차 잠시 잊게 만드는 사람이었다.

나는 오늘,
그런 사람을 잃었다.

밀당의 적정선

말하라며.
우리 사이에 오해를 쌓지 않으려면 내가 느꼈던 서운함, 그거 말하면 된다며.

시작할 때는 무슨 말이든 좋아하던 사람이 점점 식어가는 모습을 보는 게 얼마나 미어지는지, 한번 생각해본 적 있어?

예상이 안 되잖아. 이런 말을 하면 좋아하겠다, 혹은 싫어하겠다. 그러니까 조심해야겠다. 당최 분간을 할 수가 없잖아.

어떡하라는 거야.
내가 어쨌으면 좋겠니.

속 시원히 말하라고 하면 다그친다고 뭐라 하고, 말하지 않으면 왜 꿍해 있냐고 따지고. 나보고 대체 어쩌란 거야.

말하기 전에 항상 스트레스야. 어떻게 하면 네 기분이 상하지 않게 내 마음을 전할 수 있을까. 남들 앞에서도 똑같은 고민을 하지만, 그래도 적정선이라는 게 있는데 너는 솔직히 잘 모르겠어.

너를 만나는 게 한없이 행복하고 설레는 일이었는데, 요새는 제발 별일 없이 지나갔으면 좋겠다는 생각을 해.

이게 정상인 거니?
별일 없길 바라는 게 우리가 만나는 이유인 거니?
왜 사람을 극단적으로 몰아가니?

지쳐, 점점.
내가 할 수 있는 일을 점점 포기하게 돼.
할 수 있는 일도 하고 싶지 않아져.

수없이 행복했던 나날들을 차츰 포기하게 만들어.
그렇게도 사랑했던 네가.

너의 삶에 뛰어들기 위해

조목조목 말하는 너에게
아무 말도 할 수 없었다.

사실이었으니까.

그래서 내 방식대로
너를 이해하려고 노력했다.

너의 삶에 뛰어들기 위해
어떻게 하는 게 최선일까 고민했다.
그게 내가 할 수 있는 유일한 노력이니까.

그냥 가만히 방관하기엔
무력해지는 내 모습이 싫었고

더 적극적으로 나가기엔
네가 부담스러워할 것 같았으니까.

그런데, 단지 그것뿐인데
너는 너의 세계에
들어서지 말라는 뉘앙스를 풍긴다.

포기하고 싶지 않지만
모든 상황이 나를 포기하게끔 만든다.

마음에도 없는 말

마음에도 없는 말이
마음보다 먼저 나갔다.

미처 따라가지 못한 표정이
이내 너의 눈길에 부딪혔다.

나를 본 네 표정은
서둘러 출발한 내 말과 비슷했다.

어색한 침묵이 우리를 가두었고
그 순간 우리는
세상 어떤 관계보다 못한 사이가 되어버렸다.

진짜 끝이라니

애써 괜찮은 척 돌아서 걸었다.

버스 유리창에 비치는 거리를 보면서
고생했다며,
그런 사람을 만나기보다
더 행복한 연애를 하면 된다며,
비집고 올라오는 감정을 눌렀다.

사실은 창피했다.
노력의 결과가 고작 이것이라니.

달콤했던 시간을
내 손으로 벅벅 찢어가며
이건 모두 환상이고 거짓이라고 부정했다.

집으로 가는 길,
아무도 없는 적막한 그 길에서
다리에 힘이 풀려 벽에 기대어 천천히 앉았다.

쌀쌀한 공기가
뒤통수를 긁으며 지나갔고
허무함을 머금은 눈물이 얼굴을 타고 흘렀다.

아무리 감정을 억누르려고 해도
그때만큼은 속절없었다.

사랑했던 우리가,
내가 사랑했던 시간이,
몇 마디 말로 끝난다는 게 억울했다.

무의식적으로 휴대폰을 꺼내
너에게 전화를 걸었다.

길고 긴 연결음 끝에
너의 목소리가 아닌 낯선 음성이 들리자
조금 실감이 났다.

우리, 진짜 끝이구나.

어떤 엔딩

가끔 끝을 알면서도
끝까지 가봐야 하는 순간이 있다.

뻔한 결말일지,
그래도 나은 결말일지,
혹은 예상하지 못한 반전의 결말일지

구별하려 애쓰지 않고
그대로 직진만 하는 순간이다.

하지만 그때마다
바라던 모습과는 전혀 다른 현실이
나를 맞이하곤 한다.

마치 오늘처럼.

너무 보고 싶어서
힘들게 하는 그 사람을 만나야 할까?

너무 많이 울어서
눈물도 안 나게 하는 그 사람을 만나야 할까?

이렇게 아프게 하는 사람을
다시 만난다고 달라질까?
눈물이 멈출까?

이것만 대답해줘.

예측 밖의 일들

일상이 흔들리는 일은
자주 있지 않을 거라 생각했다.

단단했고
수월했으며
변수가 많지 않았으니까.

평소에 유난스럽다는 생각을 해본 적도 없고
다들 그렇게 말했으니
앞으로도 그럴 줄 알았다.

예측하지 못한 데에서
문제가 터진다는 걸 간과했다.

어쩌다 너의 친절함에 끌려
순식간에 무장해제될 거라 생각하지 못했고,

잠시 머물다 사라질 잔상이라 생각했지
이렇게 고여 있을 줄 몰랐다.

모든 것이 예측 밖이었다.

너를 좋아하게 된 것,
너를 보고 싶어한 것,
연락하고 싶고 달려가고 싶었던 것,
마음이 내 것이라 생각했던 것.

때론 다른 이의 생각보다
읽기 어려운 것이 내 마음이라는 것을
이제는 알겠다.

나에게 다가온 그 모든 것들

그 사람의 마음이
진심이라고 생각했다.

나에게 다가온 그 모든 것들이
나를 만나기 위해
나와의 관계를 위해
그 사람이 선택한 최선이라고 생각했다.

그래서
그 사람을 향한 마음이 커져갈수록
그 사람의 진심보다
나의 마음을 먼저 의심했다.

서운한 마음이 들 때,

아쉬운 마음이 들 때,

진심을 보인 그 사람보다

이런 생각을 하는 나 자신을 탓했다.

사랑을 했지만

사랑을 할수록 나를 잃어갔다.

그리고 나는

사랑할 수 없는 사람이 되어갔다.

진심이 부담스럽다고,

준비가 더 필요하다고,

그러니 너의 문제가 아니라

나의 문제라며 사랑을 놓아버렸다.

내가 그 사랑에
적응하고 있다는 사실을 잊은 채
남들의 기준으로 나를 보았다.

한 번도 보지 못한 사랑에
나를 밀어 넣었다.
이것 또한 나의 사랑인 줄 모르고.

질문할 자격

"잘 지내?"

"밥은 먹었어?"

"커피는?"

"방은 따뜻해?"

"어젠 뭐했어?"

"괜찮아?"

"춥지?"

"따뜻하게 입었어?"

더 묻고 싶어도 질문이 생각나지 않았다.

아니, 질문할 것은 많지만
막상 기억이 나지 않았다.

아니, 기억났지만
내가 질문할 자격이 되는지 망설여졌다.

조금 힘들더라도
지키고 싶은 것은 지키고 싶었다.

혼자만의 편안함,
혼자만의 자유보다

너와 함께하기 위해
소중한 것들을 포기하며
지키고 싶은 너를 지키고 싶었다.

그 눈빛 말인데

"헤어지자."
그 말이 서운하고, 슬프고, 아픈 게 아니라

그 눈빛.
정말 힘들고, 지치고, 무기력한 그 눈빛이 서운해.

어떻게 나를 보며 그럴 수 있는지….
사랑하지 않는다고 말하면 될 걸
그 눈빛은 사랑하지 않음
그 이상의 감정을 느끼게 하잖아.

네가 그러면 난 어떡하라고,
너를 붙잡지도 못하게 되잖아.

붙잡아도 붙잡힐 것 같지 않은 너이지만
가지 말라고 말할 자격은 된다고 생각했던 내가
아무 말도 못 하게 되잖아.

너의 방에 불이 켜지면

만나기 전날은

잠도 오지 않고

널 만나러 가는 길은

면접 보러 갈 때처럼 조마조마하면서 설레고

네가 밥 먹는 걸 보면

나는 굳이 안 먹어도 그만이고

바래다주는 길엔

아쉬워서 삐져도 보고

집에 들어가는 너의
뒷모습 보는 게 너무 싫지만
그 모습마저 예쁘면 나는 어떡하나 싶어.

가까운 벤치에 앉아
너의 방에 불이 켜지면 너에게 전화를 걸어
네 목소리 들으면서 씻었냐고, 누웠냐고….

도대체 묻지도 못할 말을
나는 왜 중얼거리고 있는 걸까.
나는 왜 이 글을 쓰고 있는 걸까.

참 침착해서

무슨 영화를 보자고,
어떤 맛집을 가자고,
어디 카페를 가자고 말하는 대신
날짜와 시간만 정하는 네 목소리
참 침착해서 놀라워.

같이 신나게 파티를 즐겨놓고
나 혼자 뒷정리를 다 하는 것 같아.
바닷가에서 즐겁게 수영하는 나에게
지금 당장 산에 가자고 조르는 것 같아.

그러니까 지금 네가
무슨 짓을 하는지 알기나 하는 거야?

눈빛이 말해주는 것

이제 곧,
조금만 있으면,
오늘도 너를 만나러 간다.

눈빛을 보면 알 수 있다.
헤어짐을 천천히 준비하는 그 눈빛.
눈빛은 거짓말을 못 하니까.

그렇지만 감정을
머리로 받아들이는 데에는 시간이 필요하고,
머릿속 생각을 입 밖으로 꺼내기까지는
생각보다 많은 시간이 걸린다.

그래서 나는 짐작조차 할 수 없다.
이별의 순간은 생각보다 더디게 오거나
아니면 내가 눈치채지 못하는 사이
내일 당장 닥칠지도 모른다.

언제 떨어질지도 모른 채 뒷걸음치며
벼랑 끝으로 한 발 한 발 다가서는 것.
그것이 이별을 앞두고 있는 나의 모습이다.

언제부터 사랑이 노력이었을까.

한 번도 수고로움을 느껴본 적이 없는데
어느새 해야만 하는 숙제로 남았을까.

당연한 것들이 번거로워지고

습관이 수고가 돼버렸을까.

언제부터,

나도 모르는 사이에.

무관심에 지치지 않도록

세상에 반드시 해야만 하는 일이란 없다.

네가 반드시 나에게 연락해야 하거나
어디에 있는지,
누구와 무엇을 하는지,
시시콜콜 이야기해야만 하는 것은 아니다.

나 또한 반드시 네 연락을 기다리고
너의 소식을 궁금해할 필요가 없다.

하지만 나와 오랜 시간을 함께하겠다면
나를 그냥 방치해버리지 않기를 바라.

무관심에 지쳐
네 곁을 떠나가지 않도록,
너와의 추억을 놓아버리지 않도록.

시간을 갖자는 말

시간을 갖자는 말이
도통 무슨 뜻인지 모르겠다.

내가 없는 일상을 말하는 건지,
나를 시험대에 올려놓고
만날 수 있는지 없는지 평가하려는 건지.

그것도 아니면
나를 만나는 게 힘들어
다른 사람을 만나보겠다는 건지.

나는 잘 모르겠다.
그래도 결국 내가 줄 수 있는 게
시간뿐이어서 마음이 아프다.

창밖은 평온

"다시, 생각해볼 순 없는 건가?"

내가 할 수 있는 말은 이것뿐이었다.
오래 생각했다며, 쉽게 결정한 것 아니라며, 이해되지 않겠지만 이해해달라는 너의 말이 끝나고 긴 침묵 뒤에 내가 건넨 말이었다.

너는 작심한 듯 이별을 말하진 않았다. 평온하고 일상적인 대화의 끝이 이별이었다. 그 순간 나는 더욱더 차분해졌다. 당황하지 않았고, 마음이 요동치지 않았다. 나도 이별을 예상한 듯 이유를 묻지 않았다. 아니, 이유를 듣고 싶지 않았다. 막연하게 내가 생각하고 있는 그 말이겠지.

평온하고 일상적인 우리의 모든 것이 이별의 이유일지 모른다는 생각이 들었다. 누구도 잘못하지 않았지만, 언제부턴가 어긋나기 시작했던 그 사소함들 때문이겠지.

너는 괜찮으냐고 물었고
나는 서둘러 괜찮다고 말했다.
아니, 괜찮을 거라고 말했다.

일어나 돌아서는 너의 모습 뒤로 평온한 창밖의 풍경이 눈에 들어왔다. 오늘따라 평범한 일상이 참 싫었다.

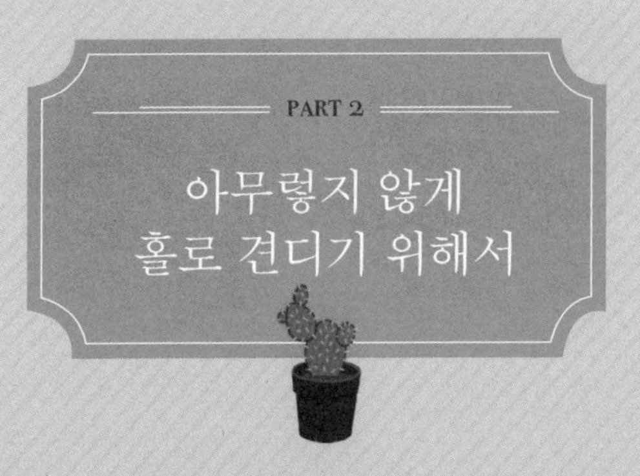

PART 2

아무렇지 않게 홀로 견디기 위해서

우리는 각자의 이야기를 하기에 바빴다.

이해한다고 말했지만 내 말을 믿으라고 강요했다.

수없이 너를 생각한다고 말했지만

결정적인 순간에 우리는 자기만 생각했다.

다짐

다시는
사랑을 하지 않을 거라 다짐했다.

누군가를 만나고
누군가를 알아가고
누군가에게 상처 받는 것이 두려워
그 어떤 시작도 하지 않을 거라 다짐했다.

고요한 삶이 좋았고,
사랑하지 않으니
상처 받을 일도 없을 거라 생각했다.

새로운 사랑을 시작하는 사람들이
가끔 부러울 때도 있었지만
언젠가 헤어질 그 순간을 상상하기 싫어서
그렇게 마음을 닫았다.

오늘은 여기까지

묻어두었다고 생각했는데
어쩌다 찾아오는 한 조각을 막지 못하겠어.

잊었다고 자부했는데
어느 순간 네 생각을 하고 있으니 말이야.

항상 너를 가슴에 담아두고 살진 않지만
너에게서 벗어나지 못하는 걸 보면
언제나 제자리를 맴도는 것 같아.

끝나길 바라지만
끝나면 서운할 것 같고

새로움을 원하지만
새롭다는 느낌이 낯설어.

있잖아,
그냥,
아니다.

오늘은 여기까지.

아직은 먼 그런 날

시도 때도 없이 울려서
귀찮기도 했던 휴대폰이 잠잠해지고
멍하니 쳐다보는 날들이 늘어간다.

나라는 존재가
너를 위해 있는 것이 아닌데
불현듯 외로움이 몰아쳐 온다.

벗어난 것인지, 떠나버린 것인지,
네가 없는 지금이 달가운 느낌은 아니다.

너와의 시간을 돌아보며 나쁜 기억을 꺼내려다
도리어 좋았던 기억만 떠오르니
너에 대한 그리움은 지지도 않는다.

때로는 나빴지만 충분히 즐겁기도 했던
모든 날들이 참 허무하다.

견디는 것이 힘들다기보다
외로움을 받아들이는 것이 힘들다.
홀로 있는 시간을 버티기가 쉽지 않다.

언젠가 이런 생활도 익숙해지겠지.
그땐 그랬다며 미소 지을 날이 오겠지만
아직은 그런 날들이 멀게만 느껴진다.

노력했다면 달라졌을까

내가 노력하면 모든 것이 자연스러울 줄 알았다.

언젠가 우리에게도 시련이 닥칠 수 있다는 걸 모르지 않았지만, 내가 포기하지 않는다면, 적어도 너는 나를 놓지 않을 거라 생각했다.

혹시라도 그런 상황은 생각하지 않았다. 그것까지 생각한다면 아무것도 할 수 없었기에 내가 할 수 있는 것만 하면서 불안감을 떨치려고 했다. 그러다 너의 어떤 행동에 유난히 집착할 때도 있었다. 불안감을 떨치려고 했지만 사실 불안감을 붙잡고 근근이 버텼는지도 모른다.

헤어지던 순간 너의 바짓가랑이라도 붙잡으며 매달렸다면 우리는 달라졌을까? 이런 생각이 아무 의미 없다는 사실 정도는 나도 모르지 않았다.

슬픔에 잠겨 이렇다 할 일들을 하지 못한 채 시간을 보내고 있는 지금, 내리는 빗방울이 모든 걸 씻어버리듯 그렇게 한순간 네가 지워지길 기다린다. 그렇게 말끔하게 네가 지워지길 바란다, 내 삶에서 완전히.

이럴 줄 알았더라면

이럴 줄 알았더라면
그때 좀 더 매달려볼 걸 그랬나?

붙잡지 못한 미련이
이렇게 남을 줄 알았더라면.

네가 필요하다고
내 곁에 머물러달라고
그렇게 얘기라도 했다면

다시 만나진 못하더라도 이렇게 오래
너를 끌어안고 있진 않을 텐데.

이상한 미련이 남아
떠나지도, 다가가지도 못하는
지금과는 조금 다르지 않았을까.

그랬다면
아프긴 해도 막막함에
너를 깨끗이 포기할 수 있지 않았을까.

마지막을 아는 것과 모르는 것.
과연 그 차이가 중요할까?

마지막인 것을 알고 준비해도
나는 잘 받아들일 수 있었을까?

마지막인지도 모른 채
다가오는 이별이라 더 아팠던 걸까?

많이 아픈 것보다 오래 아플까봐 나는 두렵다.

조급함

조급함은
항상 안 좋은 결과를 가져다주었다.

우리의 관계를 확인하려고 다그쳤을 때에도
네가 내 사람인지 확인하려던 그때에도

확인하려던 그 마음은
항상 최악의 상황으로 나를 몰아갔다.

기다렸다면,
여유로운 마음으로 지켜봤더라면
틀어지지 않았을지도 몰라.

내 뜻대로 하려던 욕심은
항상 나를 호되게 꾸짖었다.

너와의 관계를 정리하면서
우리가 왜 싸웠는지,
왜 엇갈렸는지 돌이켜보면
그 시작은 항상 나의 조급함이었다.

네가 그렇게 해주어야
나도 너를 아낌없이 사랑할 수 있다고
믿었던 모든 것들이 도리어 우리를
멀어지게 하는 출발선이었다.

다시 흔들지 말아주라

분명 네가 필요한 시기도 있었다.

매몰차게 떠나간 너이지만
잠시 잠깐 너의 품이 그리울 때가 있었다.

우리가, 아니 내가
어떻게 이별을 맞았는지와는 별개로
불현듯 네가 보고 싶어질 때가 있었다.

그리워해서는 안 되지만
뿌리치던 손길마저 사무치게 그리워질 때가 있었다.

그렇게 보내온 시간들이다.
슬픔을 머금고
아픔을 견뎌온 시간들이다.

부디 나를 다시 흔들지 말아주라.

이성과 감성 사이

아쉬움이 남아 있을 때
내 선택은 항상 미련했다.

이성과 감성 사이에서
조금 더 감성에 젖어들었을 때
나는 아쉬움을 버리지 못했다.

몰랐을 때는 몰랐다며,
알고 있을 때는 마지막이라며
나 자신을 속이거나 합리화했다.

그게 나를
어떤 수렁으로 떠밀었는지 알면서도
이끌리는 대로 나를 맡겼다.

나는 그런 사람이었다.
이성적인 척하지만
결국 감정적인 선택을 하고 마는.

앞으로도 수많은 선택의 갈림길에서
끌리는 대로 가다가
수없이 실패를 맛보겠지만

이런 내가 싫지 않다.
결국 내가 원해서 선택한 일이니까.

나도 지치더라

하루가 다르게
멀어져가는 너를 보면서
어떻게든 붙잡아보려고 노력했다.

마음을 못 잡던 너에게
몇 번을 거절당하고도 나는 네가 좋았다.
그렇게 상처 받고도 아프기보단
너를 봤을 때의 안도감이 더 컸으니까.

하지만
나도 사람인지라 지치더라.

나도 사랑받고 싶었고,
내가 널 걱정하고 이해해주는 만큼
너도 날 생각해줬으면 했다.
그런데 욕심이더라.

아무 이유 없이 상대가
잘해주지 않는다는 것을 생각해줬으면,
그때는 온기만 남을 내 진심을 이해해줬으면.

정말 너를 사랑했고
그래서 최선을 다했지만
아쉬움은 남고 여전히 네가 그립다.

언제쯤 너를 잊을 수 있을까.

너는 알까

만나는 동안
너보다 좋은 사람은 없었는데

헤어지고 보니
너만큼 나를 오해한 사람이 없었다.

단점 하나 보이지 않았는데
사실 단점이 없는 게 아니라
내 눈을 스스로 가리고 있었던 거지.

마음이 너무 아프다.
다시 만나지 말아야 할 이유를
납득한다는 것이.

헤어지는 게
서로를 위해 최선이라는 걸
인정한다는 것이.

너무 아픈 사랑은 사랑이 아니라는데
우린 대체 뭘 한 걸까.

잔뜩 오해한 표정으로
뒤돌아 걷는 너를 바라보던
내 심정이 어땠는지 너는 알까.

내가 무얼 잘못했을까 내내 생각하며
오지 않을 연락을 기다리는 심정을
너는 알까.

포기하기 어려운 것.

간발의 차로 시험에 탈락한 것.

맛있는 음식을 앞에 두고 돌아서는 것.

돌아선 그 사람에게서

내 마음을 거둬들이는 것.

우리가 만났던 세상

우리가 만났던 세상은
서로의 고생으로 얼룩진 세상이 아니라
아름다움이 가득한 세상이라고 생각했다.

하지만 헤어진 다음 돌이켜봤을 때,
네 옆에 내가 아닌 다른 사람이 있는 걸 봤을 때,

내 세상에만 네가 있었고
네 세상에는 내가 없었다.

숨길 수 없는 마음을 모두 줬지만
내 마음을 받은 너는
나 아닌 다른 사람을 향하고 있었다.

돌려받지 못한 내 마음은,
텅 비어버린 내 마음은,
너 아닌 누가 채워줄 수 있을까.

너를 참아내는 방법

사람들이 묻곤 해.
아직도 너를 잊지 못했냐고.

솔직히 나도 잘 모르겠어. 그런데 뭔가 너를 놓지 않고 있다는 생각이 들어. 그게 다 주지 못한 마음 때문인지 아닌지 알 수 없어서 계속 바보 같은 짓을 하고 있어.

지겨울 때도 됐는데, 그만할 때가 맞는데, 난 오늘도 너와 함께 하고 싶어서 너의 안부를 물을까 말까, 무슨 말부터 꺼낼까 고민하곤 해. 우리는 이미 1년 반 전에 헤어졌는데 말이야.

유난히 오늘 너를 참아내는 데 안간힘을 쓰고 있어. 특별한 너의 날에 아무것도 해주지 못해서 이렇게 대신 취해버렸어. 네가 또 그리워져서…. 그런데 말이야, 이렇게 취해도 너에게 문자 한 통, 전화 한 통 할 용기가 나지 않아. 이제는 너를 참아내는 방법을 알 것도 같아서.

나의 일상에 이제 네가 없다는 게 조금 실감이 나. 그런데 가끔은 싸우고 나서 한동안 연락하지 않는 것 같다고 느끼는 건 아마도 내 착각이겠지?

넌 나에게 산하엽 같은 사람이야. 물에 젖으면 투명해지지만 결코 사라지지 않는 꽃잎을 가진 풀꽃 말이야. 네가 잠꼬대하던 모습이, 집에 들어가기 아쉬워 껴안고 입 맞추던 모습이, 같이 들을 노래를 고르던 네 모습이 아른거려.

우리, 참 예쁘고 행복했는데 지금 왜 이러고 있을까.
너와 헤어지려고 사귄 게 아니었는데,
분명 다른 해결책이 있었을 텐데,
우린 왜 이것밖에 할 수 없었을까.

푸념

넌 나에게 희망을 준 적도 없고
마음 한 조각 남겨두지 않았는데
난 왜 아직 너를 놓지 못할까.

돌아오지 않을 거라 생각하면서도
그대로 좋아하고
아무렇지 않은 듯 웃으며 하루를 보낸다.

네가 돌아왔으면 하는 바람도
행복한 미래가 우리를 기다릴 것 같다는 기대감도
변함없이 그대로다.

수많은 고민 중에 너는
단 한 번이라도 내 생각을 할까?

감출 수밖에 없는 마음을 홀로 키워가며
애꿎은 푸념만 적어내려간다.

그날의 기억

힘이 들었다. 예전과 다른 너의 모습, 함께한 3년의 세월. 돌이켜보면 참 행복한 시절이었는데…. 그 기억으로 나는 계속 버티고 있는 건지도 몰라.

오래 만나서였을까. 반복되는 일상이 지루하게 느껴지듯이, 나라는 존재가 너에겐 지루함의 연속이었을까. 하루를 보내고, 이틀을 참고, 한 달을 견디다, 결국 얼마만큼 버텼는지 알 수 없던 그날에 너에게 말을 꺼냈다. 우리 이제 그만하자고. 이 말을 꺼내기까지 참 오랜 시간이 걸렸는데, 내뱉는 데는 단 몇 초면 충분했다.

말을 꺼냄과 동시에 온몸의 힘이 탁 풀렸다. 참았던 감정이 울컥 솟구쳤지만 차마 네 앞에서 눈물을 보이고 싶지 않았다. 마지막 기억만큼은 아름답기를 바라며 나는 입술을 꼭 깨물고 뒤돌아 걸었다. 하염없이 걷다가 이내 아득해졌다.

너와 만나면서 행복했던 기억, 즐거웠던 추억, 소소한 일상들이 눈앞에 스쳐 가는데 그 순간만큼은 견딜 수 없었다. 네 앞에서 참았던 눈물, 그동안 견뎌왔던 아픔, 이제 혼자라는 사실이 쏟아지듯 나를 덮쳤다.

맥이 빠지고 어지러웠다. 아무것도 할 수 없었고, 아무것도 보이지 않았다. 무엇을 해야 할지, 어디로 가야 할지도 몰랐다. 모든 것을 잃었다는 상실감에 그대로 주저앉아 목 놓아 울었다.

목표를 잃은 사람처럼
꿈을 포기한 사람처럼
삶의 의미가 사라진 사람처럼
무의미한 하루하루가 흘러갔다.

한 달쯤 지나서였던가, 너에게서 연락이 왔다. 아무렇지 않은 듯, 미안한 기색도 없이 그저 잘 지냈냐고 말하는 너. 화가 났다. 한 달가량 나는 지옥이었는데 태연하게 연락하는 네 앞에서 나 자신이 비참했다. 내 아픔의 대가가 고작 이런 의미 없는 행동이라니.

이해해달라는 말에 한 마디를 덧붙인 후 너는 모든 것을 정리했다. 다시는 너의 연락이 나에게 닿지 않기를 바란다며. 내 소식이 너에게 닿지 않기를 바란다며.

시간이 꽤 흘렀지만 불쑥불쑥 찾아드는 기억에 밤잠을 설치곤 한다. 그래서 혼자 눈뜨는 새벽에 이런 글을 남겨보곤 한다.

왜 그때였을까

왜 하필 그때였을까.

무엇이 사랑인지
어떤 게 배려인지 알지 못해
서툴기만 했던 그때 너를 만났을까.

그때의 최선이 지금은 후회가 되어
서랍 속 옛날 사진 같은 아련함으로 남았다.

지금이라면 너와 속도를 맞추고
작은 실수쯤 모른 척 넘어갈 수 있는데
그때 하지 못한 일들이 아쉬움으로 남았다.

다시는 함께할 수 없기에
불쑥 떠오른 너 때문에 오늘도 속수무책이다.

누구보다 잘 안다고 생각했는데
누구보다 너를 몰랐다.

앞으로도
쭈욱 모르고 살아갈 테지.

왜,
그때는 다 안다고 착각했을까.

누구의 탓도 아닌

잡으면 잡힐 것만 같았다. 나만 놓지 않으면, 언젠가 다시 만날 수 있을 것만 같았다.

그래서 마음 한구석에 우리가 다시 만날 그 순간을 위해 쓰라린 너를 숨겨놓곤 했다. 가끔 도저히 참기 힘들어 휴대폰을 들었다가도 아직은 아니라며 도로 내려놓곤 했다. 이번이 아니면 다시는 기회가 오지 않을 것 같아 난데없이 찾아온 너를 부리나케 밀어내곤 했다.

그런 생활에도 적응해갈 때쯤, 너에게 새로운 사람이 생겼다는 소식을 들었다. 겨우 자리를 잡아가던 나의 일상이 그렇게 두 번 무너졌다. 너를 만나겠다며 참아왔던 시간이 허무하게 무너져 내렸다.

누구의 탓도 아니었다. 어떤 순간에 연락을 했더라도 우린 다시 만날 수 없었을 테고, 헤어진 너에게 다른 사람 만나지 말라고 강요할 수도 없었으니.

누구도 탓할 수 없는 그 순간이 허무했다.
무너진 일상을 다시 일으켜 세우며
우리가 인연이 아니라는 것을
또 새삼 느끼는 그런 순간이었다.

하고 싶은 말, 할 수 있는 말

아직도 가끔 네 생각이 날 때가 있다. 꼬깃꼬깃한 종이에 쓰인 선명한 글씨처럼, 흐릿하던 네 모습이 가끔 또렷이 떠오를 때가 있다.

처음엔 하고 싶은 말이 많아서 이렇다 저렇다 변명을 늘어놓기 바빴다. 잘못을 인정한다면, 그것이 오해라고 해명한다면, 우리는 다시 시작할 수 있지 않을까, 희망을 품었다.

어떻게 하면 너와 다시 시작할 수 있을까, 온통 그 생각뿐이었다. 어떻게 너와 다시 만날지, 어떤 말을 꺼내면 어색하지 않을지….

그때와 지금이 다른 것은 이제 할 수 있는 말이 없다는 것. 지금 와서 네가 생각났다고 해도 이제 건넬 수 있는 말이 없다는 것.

만약 너와 마주친다면 어떤 말을 건네야 할지 이제는 난감함이 앞선다. 우리가 다시 만날 수도 없거니와, 설령 만난다 해도 그때의 네가 아니고, 그때의 내가 아니기에. 지난날의 감정이 이제는 살아나지 않기에. 나 역시 우리의 관계에 마음이 떠났기에.

하고 싶은 말이 이제는 할 수 없는 말이 돼버렸다. 할 수 있는 말이 지금은 하고 싶지 않은 말이 돼버렸다. 우리가 같이 걷던 길이 이제는 흔적만 남아 갈 수 없는 길이 돼버렸다.

아무렇지 않은 게 아니라

너 없는 허전함을 채우려 노력했다. 너뿐인 일상에서 네가 없어도 괜찮은 일상으로 무엇이든 채워보려 했다. 너와는 할 수 없었던 일, 너는 내켜하지 않았던 일, 그동안 내색하지 못했던 일…. 오래 기다렸던 사람처럼 닥치는 대로 시작했다.

사람들은 내가 아무렇지 않아 보인다며 너를 좋아하긴 했었냐고 장난스레 물었다. 그때의 기억을 묻는 사람보다 어쩌면 일상이 그렇게 평화롭냐고 묻는 사람이 많았다.

달리 할 말이 없었다. 너와 헤어지고 세상이 무너진 듯 울어야 하는 거냐고, 아무것도 하지 않고 술에 기대어 시간을 견뎌야 하는 거냐고 울부짖을 수는 없었으니까.

유난 떨고 싶지 않았다. 사람들 앞에서 티를 내고 싶지 않았다. 그렇게 떠벌리면 그때는 모든 게 끝이라고 생각했으니까. 나는 나만의 방식으로 나를 지키고 싶었다. 네가 돌아오든, 돌아오지 않든 상관없는 나만의 길을 가고 싶었다.

슬프지 않고
아무렇지 않은 게 아니라
아무렇지 않게 세상을 견뎌낼 힘을 기르고 있는 거니까.
단지 그렇게 하고 싶은 거니까.

합리화

지나고 나서야 알았다.

그때는 뭐가 문제인지 몰랐지만
사실 이유를 모른 게 아니라
모른 체하고 있었던 것이다.

왜 네가 그런 말을 하는지,
왜 네가 섭섭해 하는지,
왜 네가 마음 아파하는지.

충분히 알 수 있었지만
제대로 알아보려 하지 않았다.

너에게 행복이란
나와 함께하는 무엇이었다.
거창함이나 화려함보다
같이하는 소소함이었다.

이제 와 너를 위하는 척
행복하길 바란다면 미친 소리겠지만
그때 하지 못한 미련이
올라와서라고 생각해줬으면 좋겠다.

누구보다 내 잘못을 알기에
섣불리 다시 시작하자고 말하지 못했다.
나는 비겁하고, 또 비겁했다.

지금까지 너에게 욕심만 부렸기에
다시 한 번 욕심부리는 것은 사치라며
나를 합리화했다.

행복하게 해주겠다는 뻔한 말이 될까 봐
여기서 물러나는 것이
내가 할 수 있는 배려라 생각했다.

미소를 머금은 네 얼굴을 보면 무너질까 봐
비겁한 변명으로 너에게서 도망쳤다.

마음을 알아달라는 말도,
이게 진심이라는 표현도,
아무것도 네게 전할 수 없었다.

우리는 서로를 등지고

되돌릴 수 있을 거라고 생각했다.

그때 했던 말,
그때 했던 행동,
그때 했던 수많은 실수.

그럼에도 너의 마음을 되돌리는 게
어려운 일은 아니라고 생각했다.

손을 뻗으면 닿을 줄 알았다.
조금만 노력을 보태면
우리는 원래대로 돌아갈 줄 알았다.

그러다 어느 날 문득 깨달았다.
늘 그 자리에 있다고 생각했는데
우리는 조금씩 다른 방향으로 걷고 있었다.

같은 방향이 아니라
우리는 서로를 등지고 걸었다.

우리는 같은 곳을 바라보지 않았다.
그것이 우리가
함께하지 못하는 단 하나의 이유이다.

때로는

기다릴 줄도 알아야 한다는 것을

네가 사라지고 나서야 알았다.

내게는

기다림이 불안함이라 안절부절못했지만

그러지 말아야 할 때도 있다는 것을

네가 떠나고 나서야 알았다.

빈자리

사실과 오해의
숲을 돌고 돌아 우리가 지금
이렇게 된 이유는 별것 아니었다.

네가 필요할 때
너는 내 곁에 없었고,
내가 필요할 때
나는 네 곁에 있어주지 못했다.

서로가 필요할 때 우리는
그 빈자리를 채워주지 못했기 때문이다.

마음이 먼저 나가서

선불렀다,

생각이 드는 순간이 있었다.

내 마음이 너보다 앞서가서

네가 당황스러웠으리라 짐작되는 순간이었다.

그 사소한 순간들이 모여

어느 날 파도처럼 밀려들진 않았을까.

그때로 돌아가도

다르지 않은 선택을 할 거라 생각한 순간,

너를 놓을 수도 있겠다는 예감이 들었다.

너에게 빠져들어 한껏 취했다가

어느덧 돌아가는 길이 마련됐다는 느낌이

썩 달갑지만은 않았다.

희망 고문

너의 문제라고 생각했다.
열심히 노력하는 나에게 매번 실망을 주고
아픔을 주는 네가 문제라고.

네가 조금 더 노력해주길 바랐다. 눈에 보이는 사소한 부분만, 딱 그 정도만 해주면 될 텐데 하는 마음이었다. 네가 조금만 신경써준다면 해결될 줄 알았다. 확실히 포기할 문제였다면 진작 두 손을 들었을 테지. 그런데 뻗으면 닿을 것 같은 거리에 있다는 사실이 나에게는 희망 고문이었다.

우리 사이에 공백이 생겼을 때, 한 발자국 떨어져서 돌아봤더니 상황은 조금 달랐다. 너의 문제라기보다는 나의 문제라는 것이 조금 더 맞았다. 내 마음대로, 내 생각대로 너를 끼워 맞추려 했고, 그게 일반적인 거라며 위안을 삼았다.

나의 행동에 대해서는 객관적이지 않으면서 너의 행동에 대해서만은 객관적이길 바랐다. 내가 이렇게 했으니 너도 이렇게 하는 게 맞다며 나의 기준으로 너를 평가했다. 그것을 사랑이란 이름으로 치부해버렸기 때문에 문제의 심각성을 몰랐던 것이다.

준비되지 못한 사랑이었다.
너의 사랑을 받을 자격도,
마음도 아니었다는 것을
이제 내가 느껴버렸다.

사랑을 끝내고 홀로

사랑을 끝내고 홀로 앉아
달지 않은 소주를 끌어안고
가장 먼저 너를 생각했다.

이길 수 없는 아쉬움과
못내 미안했던 기억이 엉겨 붙어서
한 걸음도 앞으로 나아가지 못하고
주저앉아 너를 생각했다.

헤어졌다.
왜 헤어졌을까?
왜 아니었을까?
내가 힘들게 만들었던 걸까?
나 말고 다른 이유가 있었을까?
그래서 지금은 행복할까?
아니다, 우린 이미 헤어졌다….

경계가 모호해진 시선 속에서도
너의 기억만큼은 뚜렷했다.

내 앞에 네가 있는 것 같기도,
내가 너를 찾아간 것 같기도,
그저 환상을 본 것 같기도 했다.

단골손님

"여기 진짜 맛있다."

"어떻게 또 찾았어?"

"매일 취향 저격이네."

"역시 센스 있다니까."

"여기 우리 단골집 하자. 서로에게 서운한 거 있으면 여기 와 한잔하면서 풀자. 알았지?"

.

.

.

"혼자 오셨어요? 같은 걸로 드릴게요. 오늘은 늦으시나 봐요? 언제 오세요?"

.

"여기, 계산해주세요."

일상을 공유하려던 나의 바람이
너에겐 부담이었나 보다.

아주 가끔
혼자이고 싶다는 그 말을
가볍게 흘려듣곤 했는데

지나보니 그 시간이
나와 함께 있는 것 못지않게
너에게 중요한 순간이었나 보다.

이러려고 그랬을까

편의점 문을 열고
어제도 먹은 도시락, 어제도 마신 음료를 골라서
전자레인지 돌리고
인사도 없이 돌아와
차가운 방바닥에 앉아
씹고, 씹고, 씹어서 끼니 해결.

언제 한 건지 모르겠지만
아무튼 전에 봤던 방송을 또 보고,
핸드폰 홈 버튼을 눌렀다 끄고, 또 누르고
무음으로 해놓고서는 자꾸 확인하고.

이러려고 그리 모질게 했던 걸까
너에게.

친구들의 충고

친구들을 만나 술을 마시면
지금 누구를 만나고, 어떤 관계이고,
어떻게 연애하는지 이야기가 오간다.
그럴 때 나는 자연스럽게 네 얘기를 한다.

할 때마다 네 얘기는 새로운데
친구들은 이제 사랑을 좀 하라고 충고한다.

우리가 헤어진 이유

헤어질 때 우리는 너는 너대로, 나는 나대로 각자의 이야기를 하기에 바빴다. 이해한다고 항상 말했지만, 내 말을 믿으라고 강요했다. 수없이 너를 생각한다고 말했지만, 결정적인 순간에 우리는 자기만 생각했다.

우리가 헤어진 이유는 결국 서로를 생각하지 않아서였다. 내가 중요하게 생각하는 점을 너는 대수롭지 않게 생각했고, 너에게 중요한 부분을 나는 도무지 이해하지 못했다. 그러니 헤어지기는 싫어도 우리에게 달리 방법이 없었다.

한 번은 이해할 수 있겠지,
그냥 넘어갈 수도 있겠지.

하지만 나도 포기할 수 없는 부분이 많아진다면, 언제까지고 이런 일이 반복된다면, 숨이 막힐 것 같다는 생각이 들었다. 그러자 우리의 한계가 보였다. 우리는 서로를 정말 좋아했지만 결정적으로 맞지 않았다.

이해할 수 없는 생각이었지만 경험해보니 그럴 수 있었다. 너를 덜 사랑했던 것이라면 조금 억울하지만, 이런 불안감을 평생 가져가긴 힘들 것 같다. 결국 내 삶에서 가장 중요한 것은 나의 행복인데, 너와 함께라면 그 한계가 빤히 보이기 때문이다.

겨우 괜찮아졌는데

그렇게 헤어지고 나서 집으로 오는 길, 그때의 기분을 어떻게 표현해야 할지 모르겠다. 너의 단호한 말투, 차가운 눈빛을 가슴에 안고서 홀로 타고 오던 그 버스가 그렇게 적막할 수 없었다. 나와의 만남을 후회한다던 너. 그동안 난 무얼 했나, 너에게 했던 모든 것들이 고작 이 정도였나 싶은 허무함을 견딜 수 없었다.

지우고 싶지 않은 기억을 하나하나 떨쳐내며 꽤 오랜 시간을 보냈고, 겨우 살 만해지니 연락이 왔다. 뻔뻔하게도 다시 시작해 보고 싶다는 말을 아무렇지 않게 내뱉던 너. 내가 얼마나 같잖아 보였으면 그런 말을 할까 싶었다. 누구에게나 때가 있고, 그에 맞는 행동을 해야 한다고 믿었다.

진심을 다했던 나에게 돌아온 것은 나를 철저히 무시하는 말과 행동이었다. 이제 와 아무렇지 않게, 반성의 기미 없이, 마치 내가 기다렸을 거라는 듯 툭 던지는 그 말에 일말의 아쉬움과 아련함조차 사라져 버렸다.

이제 와서 나를 찾는 네 모습이 못나 보였다. 차마 욕을 할 수 없어서 무시해버렸지만, 너의 반응은 나를 더 화나게 만들었다. 마치 내가 잘못한 것처럼 스스로를 변호하던 너를 보며, 그때 내가 사랑한 사람이 맞나, 의문마저 들었다.

끝까지 좋은 기억으로 간직하려던 너를 오늘로써 완전히 지워낸다. 이제 어디서든 너와 마주쳐도 내 기분이 상하지 않기를 바란다, 평생 동안.

혹시나

간절하게 바란다면,

언제가 될지 기약은 없지만

네가 나타날지도 모른다는 생각을 했다.

그것이 꿈이고 기적이란 사실도 모른 채.

내 것이 아닌 사랑

내 것이 아니었던 걸
품으려 한 것이 잘못이었을까.

그 기회가 나에게도 주어질 거라고
믿은 것이 잘못이었을까.

바라고 애쓰는 것은 나의 몫이었지만
되돌아오는 것은 어색한 웃음과
다시는 연락할 수 없을 것 같은 막막함이었다.

인정하기 싫은 현실 앞에서 냉정히
내가 할 수 있는 일은 아무것도 없었다.

갑자기 홀로

세상 전부였습니다.
갑자기 홀로 남겨진다는 것이 무서웠습니다.

어제와 다르지 않은 아침,
습관처럼 타던 버스, 그리고 눈앞에 있는 그 사람.

예고 없이 다가선 쓸쓸함에
어제 빛나던 풍경이 흑백영화가 돼버렸습니다.

잠이 줄었습니다.
아니, 잠을 잘 수 없습니다.

혹시나 잠들면 방긋 웃는 얼굴로 나타나
오늘 행복하지 않느냐며,
나를 만나 제일 행복하다며,
닿을 수 없는 거리에서 나를 바라봅니다.

그때만큼 생생하고
그때만큼 즐겁고
그때만큼 설레는 꿈이었습니다.

그날부터 몸은 더 지치고
전부였던 세상에 맡겼던 마음은 비참했습니다.

그랬습니다, 저는.
그렇습니다, 저는.

무책임한 이별

떠날 때 아무 이유 없이
그냥 가버린 너를 원망했다.

이유를 알아야 고칠 수라도 있지,
왜 무책임하게 그냥 떠나버리나 했다.

그 순간 이유를 들었다고 해서
내가 이별을 받아들일 수 있을 것 같지는 않았다.

그냥 네가 그 말을 꺼내지 않았으면 좋겠다는 걸
온갖 핑계를 대며 말했을 뿐.

나는 아직 헤어질 수 없었으니까.

PART 3

보고 싶지 않다는 새빨간 거짓말

지난날로 돌아간다고 해도

나는 또다시 같은 선택을 할 거야.

무엇이 정답인지 알 수 없지만

너를 사랑했던 그때의 열정만은 지키고 싶어.

밉지만, 미워할 수 없는

늦었다는 너의 말에 후회하고
잘 지내는 너의 모습에 서운하고

그럼에도
잊히지 않는 추억에 마음이 쓰린다.

밉지만 좋아하는 마음이 더 크니
너를 미워할 수도 없다.

미안하고, 고마웠다.

네가 오리라는 희망으로
기다림이란 씨앗을 품고
다시 우리라는 꽃이 피어나기를 바라며

너를 그렇게 기다려볼게.

코끝에 스치는 차가운 바람이 반가울 때가 있다. 정신없이 얼얼한 느낌이 아닌 이마를 어루만지고 가는 상쾌한 바람. 이맘때쯤 너를 만났고, 이맘때쯤 헤어졌던가. 그날처럼 바람이 불어온다.

딱히 떠올리려고 하지 않아도 생생히 그려지는 너의 미소. 그 순간 반가워해야 할지 아련해야 할지, 떠밀리듯 올라온 네가 지금은 무척이나 반갑다.

때론 기다릴 줄도 알아야 한다는 것을 네가 사라지고 나서야 알았다. 내게 기다림은 불안함이었다. 때마다 나는 그 기다림을 얌전히 버텨내지 못했다. 네가 나의 불안감을 없애주길, 아무 말 없이 버텨주길, 그렇게 나를 안심시켜주길 바랐다.

돌이켜보면 그것은 헛된 희망이었다. 내가 나를 버텨내지 못한다면 일상의 평온함도 없다는 걸 너를 잃고 나서야 알았다.

너무 늦은 깨달음이라는 것을 안다.
돌이킬 수 없다는 것도 안다.
그래도 나는 그냥 너를 바란다.

뒤늦게 알아버린 답을 너에게 다시 맞춰보고 싶다.
다시는 그러지 않을 거라는 말을 꼭 전하고 싶다.

사랑도 타이밍

그 시절 너에게는 내 말이 세상 모든 것이지 않았을까. 별것 아닌 몸짓과 눈짓 하나에도 내 기분을 맞추며 나에게 빠져드는 네 모습이 나를 설레게 했다.

그런 너에게 특별한 사람이 되려고 했던 것이 나의 큰 욕심이었다는 걸 깨달았을 때, 너는 이미 저만치 멀어지고 난 다음이었다. 내가 너를 지치게 한 것이라고 인정해가는 동안 너는 그렇게 나를 정리해버렸다.

갑작스러운 통보가 갑작스럽지 않았다. 사실 부정하고 있던 것들을 내가 보지 않았을 뿐이다. 곁에 항상 있었지만 내 눈을 가리면 보이지 않을 거라 생각했었다.

내일이면 달라지지 않을까,
한 달 후면 다시 돌아갈 수 있지 않을까.
긴 침묵 속에 잠긴 너를 어떻게 해서든 돌이켜보려고 했으니까.

너와 나의 온도는 그렇게 달랐다. 너의 시작과 나의 시작은 그렇게 큰 차이가 있었다. 지난날을 돌아보면 순간순간 잘못했던 일들이 떠올라 견디기 힘들지만, 변명조차 할 수 없는 이 답답함을 어떻게 해야 할까. 타이밍을 놓쳐버린 사랑을 놓아야 하지만, 도리어 꽉 껴안고 머물러 있는 내 사랑을 어떻게 해야 할까.

언제부턴가

너와 나, 언제부턴가 서로 눈치만 살폈다.

상대가 먼저 이야기 꺼내기를 기다리며 모든 이야기의 시작을 서로에게 떠넘겼다. 우리의 만남과 헤어짐에 대한 생각을 한 번도 속 시원하게 털어놓지 않았다. 꼭 필요한 말만, 더는 감출 수 없는 이야기들만 꺼내며 그 상황을 벗어나려고만 했다.

그렇게 쌓인 걱정에 내성이 생겨 더는 중요한 일이 아닌 게 돼버렸다. 그 모든 일들이 으레 당연시됐다. 너에 대한 걱정도, 나를 위한 배려도 차츰 사라져갔다. 이 상태로는 우리가 행복할 수 없다는 사실을 언제부턴가 느끼게 됐다.

헤어지지 않기 위해 했던 일들로 우리는 헤어지게 됐다. 아름다운 만남을 위해 우리가 했던 일들이 결국 우리를 헤어지게 했다. 우리는 그렇게 서로를 멀어지게 만들었다.

잃고 나서야

그때 난
아무렇지 않은 척,
괜찮은 척 말을 내뱉었다.

옳은 판단이라 생각했는데
얼마 지나지 않아
크나큰 후회로 밀려왔다.

외로워서 돌이켜본 것이 아니라
네 입장을 이해해야
너를 붙잡을 수 있다는 생각에
그때 너의 심정으로 들어갔다.

이미 돌아선 네 마음을
붙잡을 수도 없었지만
나 역시 너를
붙잡을 염치가 없더라.

왜 그때는 그걸 알지 못했는지
왜 잃고 나서야 알게 되는지
아쉬움이 사그라지지 않는다.

너를 생각하지 말아야지 하면

선명해지고

너를 생각해야지 하면

흐릿해진다.

그때나 지금이나

참 내 마음대로 안 된다.

흐를 것 같지 않은 시간이 흘렀다.
올 것 같지 않은 날들이 흘러왔다.

네가 아닌 다른 대안은 보이지 않았다. 언제쯤 너를 다시 만날 수 있을까, 언제쯤 너를 지울 수 있을까…. 온통 그 생각만 머릿속을 가득 메운 시간들이었다.

몇 달 동안은 그 무엇도 나를 위로할 수 없었다. 사실 위로받기를 거부한 건지도 모르겠다. 너를 다시 만나려면 당연히 견뎌야 할 아픔이라 생각했기에 아프다고 말하지 못하는 시간을 혼자 앓았다. 그렇게 몇 해가 흘러, 어느덧 희미해진 기억 앞에 머물렀다. 지독히도 긴 시간이었다.

모든 사람에게서 너의 흔적을 찾으려 노력했다. 만나지 말아야 할 이유를 찾았으니 새로운 사랑이 찾아오지도 못했다. 매년 나만의 기념일을 챙기면서 순애보를 쓰고 있는 나를 위로했다. 아무도 알아주지 않는 내 마음을 나만 알아볼 수 있게 숨겨놓았다.

확실히 지금은 너의 모습을 상당히 덜어냈다. 딱히 네가 생각나지도 않고, 기억하려 해도 희미한 감정으로만 남았을 뿐이다. 더는 궁금하지 않고, 찾아보겠다는 의지도 없다. 지금은 나에게도 희미한 옛사랑이 되었다. 고맙다고 전하기도, 그땐 이랬다며 말하기도 애매한 감정들이 남아 있지만, 애써 전하지 않아도 이제는 각자의 입장으로 받아들이겠지.

내가 이렇게 잘 지내듯 너도 잘 살고 있으리라 믿는다. 이런 사람을 만나라, 이렇게 했으면 좋겠다, 그런 말들은 덧붙이지 않겠다. 너는 너만의 방식으로 잘 살고 있을 테니. 그저 내리는 빗줄기에 갑자기 떠오른 감상이라 가볍게 느껴주길 바란다. 닿지도 않겠지만, 만약 너에게 내 마음이 닿는다면 말이야.

너만 보고 달렸는데

요즘 들어 생각이 많다. 그런데 요즘엔 내 고민과 걱정을 풀 데가 없다. 이런 걸 보면 너를 만나서 고민과 걱정을 이야기하는 게 행복이었던 것 같다. 물론 지금은 네가 싫다. 너로 인해 내 인생의 낭만도 연애도 다 시들어버렸으니.

너에게 쓴 편지, 너를 위해 준비한 도시락, 그리고 가슴 설레며 했던 모든 일. 내 첫사랑이자 사랑의 기준이었던 너로 인해 더는 그런 행동을 할 수 없을 것 같다. 그 모든 행동이 대가를 바라는 것이라고 너는 의심을 거두지 않았다. 물론 너에게만 적용되는 이야기인 것 안다. 하지만 난 다음에 만날 사람에겐 그때만큼 잘해주진 못할 것 같다.

> 지금도 말할 수 있다.
> 너에게서 받은 사랑은 100이 아니었다.

나는 너에게 사랑받고 싶었다. 매일 밤 너의 집 앞에서 한두 시간 기다린 것도, 너에게 주려고 꾹꾹 써내려간 편지도, 전날부터 고심하면서 입맛에 맞춰 싸놓은 도시락도, 모두 너에게 사랑받고 싶어서였다.

난 네가 정말 예쁘고 좋았다. 밖에 내놓으면 누가 잡아챌까 봐 두려웠다. 너는 사람들을 좋아했고, 어울리는 걸 즐겼다. 불안했던 나는 잠을 설친 날이 많았다. 너에게 묻고 싶다. 내가 늦게 귀가할 때, 너는 단 한 번이라도 나를 기다려본 적이 있는지.

바보처럼 너만 보고 달려가던 내가 새롭게 친해진 사람들, 내 존재를 인정해주는 사람들을 만나면서 지금 너무 행복하다. 다시 일상이 돌아오고 있다. 너만 보며 지나쳤던 나만의 일상이 자리를 찾아가고 있다.

언젠가 마주칠 날이 있겠지만 다시 인사하고 싶지 않다.
내 첫사랑이자 가장 미운 사람아.
잘 지내라.

남겨둔 마음

어쩌면 그래요.
아직 귓가에
당신이 놓고 간 말들이
빽빽하게 걸려 있어요.

자기는 다르다며
그렇게 나를 흔들어놓더니
안 된다고, 힘들다고, 아니라고
그렇게 당신에게 말한 그 모든 순간을
헤치고 들어오시더니,

이제는 나 몰라라
그렇게 뒤돌아 눈길 한 번 없이
뚜벅뚜벅 걸어가시면
나는 이제 누구와 어떤 연애를
어떻게 시작하나요.

당신만은 믿었는데
믿었던 당신이 그러신다면….

거침없이 다가왔던 당신은
떠날 때도 거침이 없네요.

내 잘못이었나요?
내 잘못이었을까요?
잘못한 것까지는 아니겠죠?

아프다는 한 마디로 마음을
표현할 수밖에 없어 약속하네요.

아직 당신에게 보내지 못한 마음이 그득한데
이제 이것들을 어디로 보내야 할까요.

해야만 했던 말들

할 말을 하지 못해서
아쉬움이 쌓였다.

그때는 언제든 할 수 있었다.
다만 마음을 먹어야 해서,
그때가 언제든 괜찮아질 거라 생각해서
말하지 않았을 뿐이다.

시간은 흘렀고
우리는 멀어졌고
하지 못한 말들만 남았다.

이제 와 그땐 그랬다느니
그 말을 못 해서 미안하다느니
진부한 몇 마디를 건네야 하는
내 꼴이 우스워서
차올랐던 말을 억지로 삼키고 있다.

말하지 못한 후회가
이렇게 크게 남을 줄 몰랐다.

다시 한 번 기회가 주어진다면,
매일 꿈꾸는 일이지만
결코 허락될 수 없는 기회가
미련으로 남았다.

왜 그때는 지나갔던 그 말이
이제 와서 저리게 와닿는 걸까.

같은 사람의 같은 말이
왜 지금은 다르게 이해되는 걸까.

그때 닿았더라면 더 좋았을 것을.

그때 알았더라면

지나고 보니
내가 참 별로인 사람이었다는 걸
깨닫기까지 많은 시간이 걸리지 않았다.

그때는 보이지 않았지만
이제는 조금 보이기 시작한 느낌이랄까.

그러고 나니 그 사람이
왜 그런 선택을 할 수밖에 없었는지
조금은 이해하게 됐다.

나밖에 없다고 칭얼대던 그 사람이
왜 갑자기 싸늘하게 식어버렸는지.
우리가 왜 헤어지게 됐는지.

기분이 좋을 때, 혹은 좋지 않을 때
나의 행동은 그때마다 달랐다.
나는 내키는 대로 사랑했다.

일관성이 없었다.
꾸준하기보다 오락가락했다.

잘해줄 때는 더할 나위 없지만,
못할 때는 남들보다 더 못한
내 모습에 그 사람은 지쳐갔다.

있는 그대로를 보여준다고 생각했지만
상대에 대한 배려가 없었고,
내가 하고 싶은 대로만 했다.

지나고 보니 그 사람이
왜 그럴 수밖에 없었는지
가슴으로 이해하게 됐다.

그때 미리 알았더라면
지금과는 조금 다르지 않았을까.

그랬다면 지금처럼
한탄 속에 있지는 않았을 텐데.

너를 어쩌면 좋을까

너와 헤어지고 난 뒤
나의 세상은 무너졌고
내일 같은 건 없다고 믿었다.

나를 놓아버린 시간을 버티면서
그렇게 2년을 보냈다.

간신히 버티며 살았는데
어느 날 눈앞에 나타난 너를
나는 어쩌면 좋을까.

한 번 더 무너진다면
그때는 견딜 수 없는데

돌아온 너를 보며
불안하고도 마음이 벅차오른다.

아직 끝나지 않은 이야기

너를 기다리던 그때,
심장의 떨림은
초조함이었을까, 설렘이었을까.

몇 년이 지났어도
너를 다시 본다는 것은
100미터를 전력 질주한 것 같은 느낌이었다.

모든 것이 우연이었다.
우리가 그때, 그곳에서, 그런 모습으로
만나리란 생각을 해본 적이 없었으니.

마음의 준비도 없이
갑작스레 맞닥뜨린 너를
무슨 표정으로 대해야 할지,
찰나의 순간에 몇 가지 생각을 했는지 모른다.

'아무렇지 않게?'
'아직은 어색하게?'
'더 생각할 겨를이 없는데.'

수많은 생각 중
어느 것 하나 선택할 틈 없이
행동이 앞서고야 말았다.

어색한 손길이
이미 너를 향해 있었지만,
마주한 너의 표정을 보고
우리의 생각이 다르지 않음을 알았다.

다시 만난 우리는

아주 오랜 기다림 끝에 바라고 바라던 순간이 찾아왔다. 가만히 있어도, 특별한 일이 없어도, 입가엔 웃음꽃이 피었다. 너도 그랬는지 알 수 없지만 이렇게 다시 연락한다는 것이 믿기지 않았다. 그동안 하지 못했던 것들, 하고 싶었던 것들을 생각하며 이것이 착각이 아닌 현실이라는 게 꿈만 같았다.

오늘보다 내일 더 사랑하리라. 굳게 다짐하면서 어렵게 이어놓은 사랑을 다시 놓치는 상황은 더는 만들고 싶지 않았다. 그동안 내가 어떤 시간을 보냈는지, 어떻게 견뎌왔는지 누구보다 잘 알기에. 더할 나위 없이 소중한 시간들이 다시 나의 노력을 기다리는 것 같았다.

한 꺼풀 덮인 행복이 살짝 걷힐 때쯤, 묘한 기분이 들었다. 나 그리고 너, 우리는 그렇게 서로를 위해 노력하는데, 그것이 서로의 눈에 빤히 보이는데, 우리는 무거웠다. 예전 같았으면 아무렇지 않았을 장난도 유치하게 느껴져 그저 쓴 미소로 상황을 모면하곤 했다.

내가 바랐던 모습과 다시 마주한 현실은 묘하게 괴리감이 있었다. 전에는 서로가 노력하지 않는다 생각했지만 이제는 노력하는 만큼 멀어지는 것 같았다. 나에 대한 배려가 불편해졌고, 너를 위한 걱정이 사치가 돼버렸다. 묘한 후회와 색다른 불안이 나를 휘감았다.

다시 만나 행복했던 순간이 무색할 만큼, 처절했던 이별 그 후가 무색할 만큼, 나조차 알 수 없는 별다른 마음이었다.

나는 너의 기억

그렇게라도 네가 돌아오길 바랐다.
빈 껍데기라도 부여잡고 인형놀이하듯
너를 지켜만 봐도 좋다고 생각했다.

비록 감정의 찌꺼기를 안겨줄지언정
희미한 잔상이라도 부여잡고 싶었다.
굳이 너의 모든 것을 나누지 않아도
행복할 것 같은 기분이었다.

나에게 남은 추억만으로도
모자라지 않을 것 같았고,
너라는 존재만으로
모든 것이 해결될 거라 믿었다.

그런데 서로가 동시에 싹튼 감정을
나만 홀로 감당하기가 힘겨웠다.

정리를 하더라도
같이 하고 싶었고,
같이 해야 한다고 믿었다.
너와 헤어지고 나는 그랬다.

그렇게 시간은 흘렀다.
하루, 이틀, 일주일, 한 달, 그리고 6개월.
내 생각에 변화는 없다고 생각했다.
언제든 너를 다시 만나고 싶었으니.

그러나 변화는 나를 기만했다.
나도 모르게 하나씩
나를 바꿔가기 시작했다.

너와 다른 시작을 해야 한다는 사실이
나도 모르게 홀로 시작하게 만들었다.
나는 너의 기억과 함께라고 생각했지만

마음은 이미 너와 한 발 멀어지고 있었다.
아팠던 그 순간이 점점 흐려지고 있었다.

깨끗한 물에
한 방울의 물감은 티가 나지 않지만,
계속 떨어뜨리다 보면 물빛이 변하고야 만다.
내가 꼭 그랬다.

절대 있을 수 없을 것 같던 일이
나도 모르게 나를 바꿔놓기 시작했다.

그 느낌이 싫지 않았다.

너의 뒤편에서

너의 뒤편에서
너를 끌어안고 생각한 적이 있다.

지금의 행복이 끝나는 때는 언제일까.

내 마음이 떠나는 때일까,
네가 나를 떠나는 때일까.
아니면 서로가 같은 시점에
마지막을 함께 맞이할까.

마냥 행복했던 그 순간에
나는 끝을 상상하곤 했다.

이 행복이 끝나면 나는 얼마나 아플까.
나는 그 아픔을 견딜 수 있을까.

막상 끝나버린 지금
어설펐던 그때를 떠올리며
씁쓸히 웃음 짓는다.

그냥 그 시간에 더 잘할 걸.
마음속 불안을 가만히 다스릴 걸.

그랬다면 나는 지금도
너의 뒤편에서 너를 끌어안고
불안한 미래를 상상하고 있을 테지.

마음은 아직

내가 있었던 자리에
다른 사람과 함께 있는 너를
마주친 적이 있다.

그윽하게 바라보던 너와
설렘이 가득한 그 사람.

아득한 옛일이라 생각했는데
마음은 아직이란 착각이 들었다.

미쳤다고 손사래를 치는 그 순간에도
심장 소리는 귓가를 두드렸고
눈길은 네 쪽을 향해 있었다.

한없이 이성적인 척했지만
그 순간만큼은
예전의 네가 삐죽 튀어나왔다.

외면한다고 될 일이었다면
이러지도 않았겠지.

내 맘대로 되지 않아 속상하고
주어진 결말만
받아들여야 하기에 속상한 건데.

당연한 것이 많아지면

결국 우리는 정말 헤어져버렸네.

보고 싶다며 막차가 끊겨도 어느새 집 앞까지 오던 너도, 잠자는 시간을 아껴가며 5분이라도 더 보고 싶어 너를 기다리던 나도, 추억이라는 감옥에서 괜찮은 척 지내고 있네.

누군가 나를 좋아한다고 이야기하는 것이 익숙하지 않았어. 그렇게 마음을 표현했지만 내가 보기에 넌 나를 좋아하진 않을 것 같았거든. 처음 고백 받았을 때 네 얼굴도 제대로 쳐다보지 못하고 믿기지 않는다는 말을 계속 반복했던 이유는 얼떨떨했기 때문이야.

그런 순간이 다시 올 수 있을까. 내 손등에 처음 입 맞추던 그 순간을 내가 잊을 수 있을까. 누가 봐도 촌스러운 추리닝에 슬리퍼를 신고 만나도 예쁘다고 말해주던 네가 참 고마웠어. 내가 보기에 난 정말 평범하고 소심한데, 넌 대체 왜 나를 좋아했을까?

난 내가 나름 성숙하다고 생각했어. 하지만 너를 만나고 그 생각이 잘못됐다는 걸 깨달았어. 너에게 유난히 어리광을 부렸던 것 같아. 헤어지고 나서 왜 그렇게 많이 울었나 생각해보니 너에게 너무 많은 걸 기대했던 것 같아.

우리 사이에 당연한 일들이 점점 더 많아졌어. 나를 좋아하니까 당연히 내가 우선이어야 하고, 약속은 무슨 일이 있어도 지켜야 하고, 내 감정을 누구보다 이해해야 한다고 생각했어. 나를 좋아해주는 게 당연한 일이 아닌데 말이야.

그렇게 내가 원했듯이 너도 당연하게 배려했어야 하는데 내 사랑과 관심이 부족했어. 한꺼번에 너무 많은 것을 기대하고, 혼자 실망하고, 또 속상해져서 울고, 너를 밀어내기만 했어. 사랑하기도 바쁜 시간에 서로를 힘들게 한 것 같아. 나로 인해서 상처 받았을 너를 이제는 다른 누군가가 보듬어주겠지. 믿기 힘들지만 우린 이미 헤어졌으니 그럴 수밖에 없겠지.

우리가 아직 사귀기 전, 집 앞 산책로를 나란히 걸었던 순간이 가장 기억에 남아. 강물에 일렁이는 불빛을 너와 단둘이 본다는 사실이 마치 우리 둘만의 비밀처럼 느껴졌거든.

이별을 말할 때, 자꾸 전화를 끊으려는 너에게 아무 말도 하지 못했어. 그게 아직도 마음에 남아. 1년 동안 같은 시간 속을 살아줘서 고마워.

부를 수 없는 이름

부를 수 없는 이름이 생겼다.

닳아 해질 정도로
쉴 새 없이 부르던 이름이
다시 입에 올릴 수 없는
저주받은 이름이 되었다.

들으면 그지없이 좋았던 이름이
한없이 우울한 이름으로 바뀌는 데
생각보다 긴 시간이 필요치 않았다.

잊었던 현실이 나를 두드릴 때
다시금 깨달았다.

네가 얼마나 소중했는지.

이야기는 끝났지만

이제 우리가
함께 써내려갈 이야기는 없지만

너와 내가 함께했던 흔적만큼은
둘 중 누군가 지운다 해도

아니, 잠깐 잊는다 해도
과거 어느 순간에 머물러 있을 거야.

지금은 잊고 살지만
서랍 속에 깊이 넣어둔 편지처럼
가끔 꺼내보고 추억에 젖을 수 있진 않을까.

매정하게 돌아섰지만
달콤 씁쓸한 기억을 남몰래 간직한 너와 나는
잠시 잠깐 그런 적도 있었다며
서로를 들춰내 볼 수 있진 않을까.

이성적인 순간이 필요했다.

감성만으로 충분할 것 같은
우리의 관계에도
아주 가끔 이성이 필요했다.

끔찍이도 싫어했던 그 잠깐을
우리는 반드시 가졌어야만 했다.

정답은 알 수 없지만

잊히지 않으려고 했던 노력이
돌이켜보면 나를
더 잊게 만드는 노력이 되고 말았어.

하지만
지난날로 돌아간다고 해도
나는 또다시 같은 선택을 할 거야.

무엇이 정답인지 알 수 없지만
너를 사랑했던 그때의 열정만은 지키고 싶어.

흔적 지우기

텅 빈 공간에
하나둘 물건을 가져다 놓았다.

흉해 보이는 외벽에는
우리가 좋아했던 짙은 녹색을 칠하고
쉴 수 있는 그늘막도 드리웠다.

조그마한 소파도 들이고
작은 화분 몇 개를 사다가
옹기종기 모아놓고 사진도 찍었다.

때론 비를 피하고
때론 바람을 피하면서
시간을 보내고 계절을 보냈다.

한 사람의 공간이 아니라
우리 둘의 공간이었다.

나무의자에 흠집이 났을 때
함께 아쉬워하고
부러진 의자 다리를
얼기설기 묶으며 깔깔대던 우리.
그것이 흔적이 되고 추억이 되었다.

가져다 놓은 물건과
추억이 한가득인데
짐을 빼버릴 때는 가차 없었다.

무엇 하나 남길세라 송두리째 비워내니
언제 이곳이 우리의 공간이었던지
아득하게만 보였다.

추억을 쌓는 것보다
흔적을 지우는 게 어렵다는 걸
그때 알았다.

감당하지 못한 것은

솔직하지 못했다. 이유를 말하라는 눈물 젖은 너의 얼굴에 갈피를 잡지 못한 마음을 차마 꺼내놓지 못했다. 이상적인 말과 행동, 그리고 미래. 머리로는 알지만 자신이 없었다.

언제부터인지 나는 네가 부담스러웠다. 너와의 사소한 행복을 즐기지 못했다. 웃고 있었지만 마음에는 불편함이 쌓여갔다. 홀로 너에게 다 해주지 못할 기준을 정해놓고 그 기준을 통과하지 못하면 마음 한편에 죄책감을 쌓았다. 아직 성숙하지 못해서인지, 자신이 없어진 것인지, 하루하루 해주지 못한 것들이 늘어갔다.

주저앉으려는 마음을 붙잡아주려던 너의 노력은 오히려 모든 것을 놓게 하는 출발점이었다. 물론 너는 잘못이 없다. 당연히 요구할 것을 요구했으니까. 평범하고 일상적으로 대해온 너를 감당하지 못한 것은 순전히 나였다.

언제부터인가 삶이 버거웠다. 솔직하지 못한 모습을 자주 보였다. 나의 본모습을 잃어간다는 생각이 들었지만 멈출 수 없었다. 멈췄을 때 잃게 될 것들이 눈앞에 보여서.

뒤돌아보면 사라질 것 같아 앞만 보고 달렸으나 달라지는 게 없었다. 부담은 더 큰 부담으로 해결되고, 짊어져야 할 무게는 차근차근 늘어갔다. 그러다 보니 사랑보단 현실이었다.

꼭 해야만 하는 일이 아니면 나서고 싶지 않았고, 책임지고 싶지 않았다. 어렸을 적 되게 멋없었던 꼰대가 지금 바로 내 모습이었다.

너라는 계절은

헤어진 지 며칠.

연락하는 사람이 생겼다는 소식이
나를 처량하게 만들었다.

다시 돌아오지 않을 거라는 확신이
나를 좌절하게 했다.

꽃망울 터지는 봄,
삐질삐질 땀 흘리는 여름,
파란 물감을 풀어놓은 가을을 지나

우린 결국
앙상한 가지만 남은 겨울을 맞았다.

다음 계절을 기다리지만
너라는 계절은 오지 않겠지.

무늬만 같은 다른 계절로
나는 또 오늘을,
함께했던 그때를 맞이하겠지.

궁금해하면 욕심이겠지

어떤 사람으로 남게 될까?
어떤 사람으로 기억하고 있을까?
궁금해하면 욕심이겠지.

많이 울었을까?
많이 지쳤을까?
이것 역시도.

누구와 있을까?
누구를 반나고 있을까?

분명한 건 하나.
그 사람이 나일 수는 없겠지.

다가오는 사랑은

누구에게나 공평할지 몰라도

떠나가는 사랑은

꼭 한 사람에게만 흔적을 남긴다.

마음이 바닥인 날

왜 기쁘고 좋을 때보다
한없이 바닥인 날에 더 생각이 나는 걸까.

비틀거리는 모습을 보여주고 싶지 않은데
정말 잘돼서 멋진 모습으로 만나고 싶은데

나는 왜 너무 힘이 들 때
네 생각이 나는 걸까.

왜 전화하게 되는 걸까,
어차피 받지 않을 걸 아는데.

근사한 모습으로 나타나면
왜 받아줄 거라고 생각할까.

지난 사진 속 내 모습 말고는
이제 관심도 없을 텐데.

괜한 노력일까

어찌 보면
너에게 닿을 수 있다고
착각한 것은 아니었을까.

절대 닿을 수 없다고 생각했다면
애초에 시도하지 않았을 테고
이렇게 시간이 흐르지도 않았겠지.

괜한 노력을 한 것은 아닐까.
괜한 시간을 허비한 것은 아닐까.

노력이 모자랐던 걸까,
애초에 불가능했던 걸까.

지나버린 시간 앞에서
가지도, 오지도 못하고
멍하니 서버렸다.

기억의 소멸

잊고 싶은 기억은 다 잊고 싶었다.

그래서 간신히 버텨가며
많은 시간이 흐른 뒤
바라던 대로 기억은 점점 희미해졌다.

이제 가끔 추억이 떠올라도
일에만 집중할 수 있게 됐고,
내가 정한 목표대로
성장해가는 걸 느끼곤 한다.

그렇지만
4월의 벚꽃, 노을 지는 바다,
발자국 하나 없는 흰 눈을 보고도
그 누구도 떠오르지 않게 됐다.

이것이 내가 바라던 것인지,
감정이 메말라버린 것은 아닌지,
그런 생각이 들었다.

못난 마음

정작 남겨야 할 것은
마음이 아니라 의미였다.

만남에서 이별까지
나의 서투름과 너의 어설픔이
나에게 어떤 의미를 남겼는가,
나는 어떤 사랑을 원하는가,
그것을 찾았어야 했다.

하지만 못난 마음은
의미보다 추억을 선택한다.

알지만 쉽사리 되지 않는,
그때로 돌아가고픈 생각만이
머릿속을 채운다.

깔끔히 접어버리면 그 사람이
나에게 굉장히 소중했다는 것을
부정하는 것 같지만

사실 오래도록
미련만 남겨놓을 뿐이다.

그런 줄 알면서도

나이가 들면
사람 보는 눈이 나아질 거라 생각했다.

좋은 사람을 구별할 수 있는 눈이 생겨서
나쁜 사람을 피해 갈 수 있을 거라 생각했다.

어느 정도 경험해보니
사람 보는 눈이 좋아진다기보다
나쁜 사람을 구별할 수 있는 능력이 생긴 것 같다.

문제는
그런 줄 알면서도
그 사람을 만난다는 사실이다.

모닥불로 날아드는 하루살이,

그게 바로 내 모습이다.

머리로는 구별되지만
마음은 어쩔 수 없이 달려간다.

나이가 든다고
저절로 달라지는 것은 없다.

네가 보고 싶고
네 목소리가 듣고 싶고
궁금한 많은 이야기가 있다.

그런데
같이 있었던 때가 상상이 되지 않고
사진을 봐도 진짜였을까, 믿기지 않는다.

이제 다시 만나는 건 기적이 되었다.

고백 후에

당황스러운 너의 고백 후
우리의 현재를 망칠까 봐
나는 고개를 저었다.

헤어지면 그대로 끝이니까.

하지만 내가 생각하지 못한 점은
너는 그대로 멈추지 않을 거라는 것과
어차피 우린 예전처럼 지낼 수 없다는 것이었다.

사랑의 시작이 함께라면
그보다 좋을 수 없겠지만
우리가 시작한 시점이 달랐다는 게
나는 다만 안타까울 뿐이다.

네가 시작할 땐 내가 주저했고,
내가 시작할 땐 네가 나를 보지 않았다.

누구의 문제라고 할 수는 없겠지만
우리가 인연이 아니라는 얘기겠지.

처음 고백하던 그날,
왜 그때 시작하지 못했을까.
그때 마음을 열었다면
사랑의 시작과 끝을 함께했을 텐데.

기다렸다는 듯
헤어짐을 받아들이던 네가 생각나는 밤이다.

각자의 방향

우리의 어긋남은 사소하게 시작되었다.

영원히 함께하자는 약속을 뒤로한 채
우린 아주 작은 사소함으로
각자의 방향을 바라보게 되었다.

몇 번이고 뒤돌아봤지만
눈길 한 번 주지 않는 너의 뒷모습에
나는 견디지 못하고
시선을 거둘 수밖에 없었다.

네가 무슨 생각을 하고 있을지
몇 번이고 헤아려봤지만
짐작할 수 없었고
내 노력의 방향도 모호해졌다.

덩그러니 비어 있는 자리가
나는 아직도 어색하다.

네가 다시 오리라는 희망이 있으면
기꺼이 버티겠지만
언제까지나 기다리고만 있을 것 같아서
나는 두렵다.

PART 4

너를 다시 만나도 난 서툴 거야

내 사랑은 아는 것보다는 느껴지는 것,

느껴지는 것보다는 깨달음이 많았으면 좋겠다.

서로가 서로일 수밖에 없는

깨달음의 시간들로 꽉꽉 채워졌으면 좋겠다.

너를 다시 만나도 난 서툴 거야

처음이면 모두 서툴다고 하더라.
그리고 처음이니까
다음부턴 안 그러면 된다고.

무슨 말 같지도 않은 말인지.
그런 성의 없는 충고, 별로야.

네가 처음이건 100번째이건
내가 나이를 얼마나 먹었건
언제 어떤 식으로 우리가 만났건
나는 서툴렀을 것이고
앞으로 너를 다시 만나도 서툴 거야.

항상 불안할 거고, 항상 조급할 거야.
너는 전에도, 지금도,
그리고 앞으로도 변함없이
세상 하나뿐인 소중한 사람이니까.

다시 만난다 해도
많이 달라지지 않을 테지만
너에 대해 느끼는 불안이 너를 지키는
당연한 걱정이라 생각할 거야.

그것이 곧 위안이 되고
동기가 되고 무의식이 될 거니까
괜찮아.

눈여겨보다

눈여겨보아야 하지만
눈여겨보지 않아 생기는 문제가 있다.

재회에 앞서, 만남에 앞서,
상대방의 말과 행동을 눈여겨보지 않았을 때
그 다음 선택지의 답을
찾지 못하고 좌절하는 순간들이 있다.

나의 눈으로 봤을 때 좋다든가
내 상식엔 틀림이 없는 문제도
상대방의 입장에선 미묘하게 다를 수 있기 때문에
상대방의 눈으로 보아야 할 때가 많다.

연애를 잘하고 못하고,

만남을 이어가고 못하고는

그 사람과 내가

얼마나 서로를 눈여겨보는가에 따라

극명한 차이를 보인다.

어쨌든 사랑의 시작은 관심이기에.

설렘과 편안함 사이

누군가와 함께한다는 것은
쉽지 않은 일이다.

생각하지 않았던 것을 생각해야 하고
하지 않았던 일을 해야 하기 때문에.

누구에게나 설렐 수 있지만
누구에게나 편안함을 느낄 수는 없다.

설렘이 없는 연애 때문에
다른 사람이 보인다면
당신의 선택은 대가를 치를 것이다.

사랑했던 사람의 싸늘한 눈빛으로.

조금은 다르게

그렇게 사랑했던 그 사람이 나를 떠나 행복하게 살아가는 모습을 보면 지난날 우리가 사랑했던 시간은 무엇인가, 나라는 존재는 그 사람에게 무엇인가 싶은 생각이 들 때가 있습니다.

맞습니다. 나는 이렇게 밥도 못 먹고, 일도 못 하고, 공부도 못 하고, 친구도 제대로 못 만나는데, 왜 그 인간은 아무렇지 않게 일상을 즐기고 있는지 배신감이 들곤 합니다. 괜히 더 미워 보이면서 나는 왜 이런가, 자존감마저 꺾이곤 합니다.

웃긴 건 그렇게 저주하다가도 어느 순간 어떻게 하면 다시 만날 수 있을까 고민합니다. 왔다 갔다 하는 자신을 보며 내가 미친 건가, 여전히 마음을 잡지 못합니다. 사람들의 뻔한 말들은 정말 뻔하게 흘러가버리고, 나에게 꽂히는 말들은 모두 그 사람과의 만남을 준비하는 말들뿐입니다.

왜 아니겠어요. 이렇게 살면 무슨 낙이 있나 싶고, 이렇게 좋았던 사랑도 끝나는데 또 다른 누군가를 만나면 무엇 하나 싶고….

그런데요, 어느 한순간도 그 사람을 만나 그렇게 연애할 거라 생각해본 적이 없을 거예요. 우연히 찾아온 좋은 사람이, 우연히 나랑 잘 맞네 싶었을 겁니다. 그 우연을 필연으로 만든 건 순전히 당신이었겠죠. 뻔한 멘트도, 뻔한 연락도, 모두 누가 시켜서 했던 게 아닐 거예요.

이렇게 생각해보면, 지금의 이 감정도 조금 다르게 볼 수 있지 않을까요?

사랑이란
몇 번의 표현으로 쌓을 수 없지만
단 한 번의 실수로 무너질 수 있다.

CHOCOLATE CAFE
COFFEE
BEER
WINE

우리가 시험에 들지 않기를

네가 가장 아름다운 순간은
기억 속에 머무를 때뿐이다.

그때의 기억을 다시금 떠올린다고
그때의 우리가 될 수는 없다.

그때의 너와 지금의 나,
그때의 나와 지금의 너,
우리는 달라진 지금을 봐야만 한다.

그때의 기억을 되돌리고 싶어 하는
너의 마음은 이해하지만
달라져버린 현실을 극복할 우리는 없다.

그때 우리가 헤어진 이유를
지금은 모두 고쳤다고
우리가 다시 만날 수는 없다.

어쩌면 그때의 결정이
생각보다 조금 더 빨랐을 뿐
달라지는 건 없다.

되돌릴 수 있을 거라고 우리를 시험하지 말자.
이제는 괜찮을 거라고 착각하지 말자.

그동안 아팠을 서로의 마음을
이제는 잊는 것으로 되돌려 덮어주자.

옛 생각

문득
옛 생각이 날 때가 있다.

감정은 생생히 기억나지만
너의 얼굴은
또렷하게 떠오르지 않을 때가 있다.

어쩌면 그리운 것은
네가 아니라
너를 그토록 사랑했던
그때의 나인지도 모르겠다.

퍼즐의 완성

이해되지 않던 조각들이
어느 하나의 사건으로 딱 이어질 때가 있다.

혼란스럽기만 했던,
어디서부터 갈피를 잡아야 할지 몰랐던
수많은 이야기가
딱 하나의 퍼즐로 완성될 때가 있다.

그 결말이 내가 그리던 이상일 때도 있고,
원하지 않은 최악의 결말일 때도 있지만
혼란스러운 상황으로 내버려두는 것보다
정리되는 편이 마음이 편하다.

그래야 그 페이지를 넘기고
다음 이야기로 들어갈 수 있기 때문이다.

성장통

무척 오래됐지?
내가 너를 간직하고 있는 게?
몇 년이 지나도 네가 최선이고
최고였다고 하면 믿기 어렵겠지?

너와 헤어지고 좋아하는 사람,
사랑하는 사람은 다 만났어.
이런 내가 너를 잊지 못한다고 하면
앞뒤가 맞지 않는 말이라고 생각하겠지.

누구를 만나도 마음속에 네가 고여 있는 건
오늘 하루 노력하고 최선을 다해서
내가 성장한다고 느껴지는 순간마다
너와 가까워지고 있다는 느낌이 들기 때문이야.

그런 느낌이 내 꿈과 가까워지고
어느새 너는 내 꿈이 되었어.

그래서 누구를 좋아하거나
사랑할 수는 있어도
그 누구도 너처럼
성장통을 겪게 하진 않더라.

나는 잘 못해,

나는 그럴 수 없어,

이런 말들로 나를 가둬왔던 건 아닐까.

충분히 할 수 있었는데도

귀찮다는 이유로,

민망하다는 이유로,

처음이라는 이유로,

나의 한계를

스스로 정해버린 건 아니었을까?

둘만이 해결할 수 있는 문제

다시 만나자고,

다시 시작해보자고,

앞으로는 달라질 거라고,

최선을 다할 거라고,

그렇게 말하는 게 아니야.

나는 또 너를 울리고,

너를 힘들게 할 거야.

나에게 고치라고 말했던 것들

단숨에 고치지도 못할 거야.

너를 서운하게 할 수 있고

너를 외롭게 할 수도 있어.

돌고 돌아서

제자리가 여기라고 말하고 싶어.

생각할 시간을 갖자고 해도 연락할 거고,
헤어지자고 해도 너의 집 앞일 거고,
울고불고 해도 네 눈물을 닦아줄 거야.

계속하자. 그냥 계속해서
이 문제를 나랑 해결하자.

다른 사람을 만나면 다를 것 같지만
우리는 누구를 만나도 똑같을 거야.

우리 둘만이 해결할 수 있는 문제야.
그러니 다시 만나서 계속하자.

잘 모르겠어요

잘 모르겠어요.

좋아하는 게 무엇이고
사랑하는 게 무엇인지.

예전에 해본 것 같은데
지금은 알 수 없는 어떤 것.
마치 오래전에 풀어본 수학 문제 같기도 해요.

이상형을 물어보면 난감해요.
뭐라고 대답해야 할지 모르겠어요.

이상형에 꼭 맞는 사람이라서
마음이 가는 거라면
사랑이 너무 보잘것없어지잖아요.
그런 것들로 마음이 움직인다면
자존심이 너무 상해요.

지금은
내 마음이 미동도 없었으면 해요.
그게 편하니까요.

추억이 되는 사람

그런 사람을 만나고 싶어.

좋은 곳에서
맛있는 것 먹고 사진 찍어서
추억을 남기는 사람 말고

사이가 조금 멀어지려고 할 때
나에게 다가서려는 의지를 가지고
조금 더 노력하는 사람.

그리고 그런 노력이 눈에 보여서
그것이 추억이 되는 사람.

내가 만들고 싶은 추억은
그런 사람과 함께하는 모든 순간이야.

잊는다는 것

잊는다는 것의 기준을 모르고
막연히 그 사람을 잊으려고 했던 것 같다.

헤어지고 5년이 지난 지금에야
잊는다는 것이 무엇인지 알겠다.

그 사람이 머릿속에서 완전히
지워지길 기대한 것이 오산이었다.

잊는다는 것의 기준에서
제일 중요한 것은 의지였다.

그 사람을 잊는다는 것은
다시 만나고 싶은 의지가 없다는 것이다.

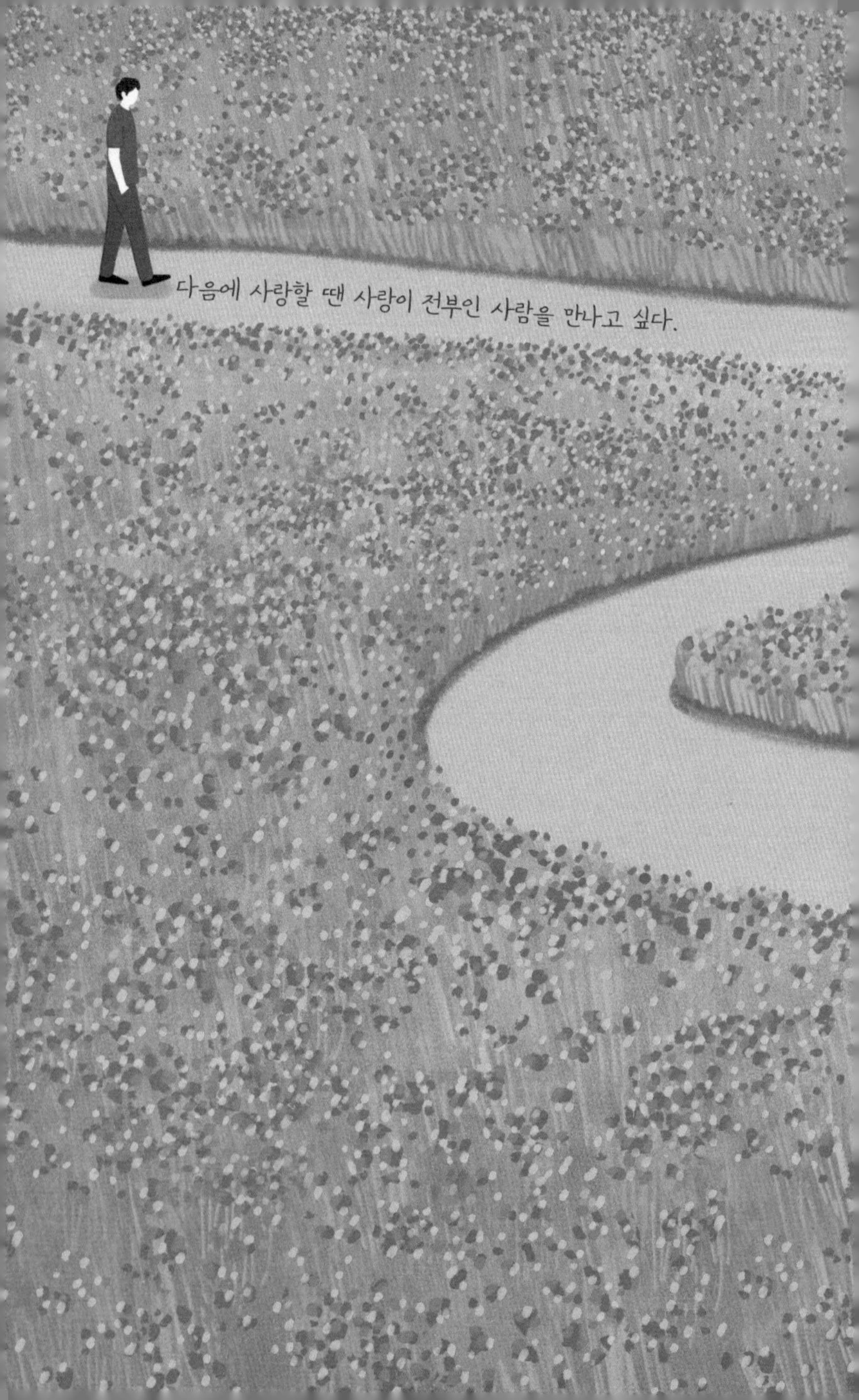
다음에 사랑할 땐 사랑이 전부인 사람을 만나고 싶다.

사랑이 현실이고, 현실이 사랑인 그런 사랑을 하고 싶다.

사랑을 잃은 이유

다르다는 것을 인정하고 싶지 않았다. 우리가 이만큼 닮았는데 굳이 다른 점을 인정하는 것이 우리를 멀어지게 만든다고 생각했다. 그래서 우린 항상 같아야 했고, 비슷해야 했고, 다르지 않아야 했다.

우리가 서로 잘 맞는 행복한 연인이어야만 한다는 생각은 강박이었다. 서로의 다른 부분을 발견할 때마다 우리는 당황했다. 그리고 생각했다. 나에게 맞추라고 해야 하는 건가, 아니면 내가 맞춰줘야 하는 건가. 그때마다 우리는 어떤 식으로든 맞춰갔고, 곧 그런 상황에 익숙해졌다.

그것은 합의라기보다 무언의 강요였다. 요구하는 쪽은 매번 달랐지만, 우리의 갈등은 누군가가 포기해야 해결되는 것처럼 보였다. 둘 다 익숙지 않은 상황은 본능적으로 피했다. 아직 이야기할 단계는 아니라며, 지금 생각할 일이 아니라며, 골치 아프게 생각하지 말자며 순간을 회피했다. 그것이 우리가 할 수 있는 최선이라고 생각했다.

어쩌면 살짝 어긋난 톱니를 억지로 끼워 맞춘 건지도 모른다. 잠시 멈추어 톱니를 다시 맞추거나, 대수롭지 않은 일이라고 회피하지 말았어야 했다. 이렇게 노력하는데 우리는 왜 변한 게 없냐고 소리쳐도 소용없는 일이었다. 서로가 만나지 말아야 할 사람이었던 게 아니라 노력의 방향이 엉뚱했던 것이다.

언제부턴가 우리는 스스로 만들어놓은 틀에 갇혀버리고 말았다. 내가 믿었던 사랑이, 우리가 믿었던 사랑이, 정말 우리에게 맞는지 돌아보지 못했다. 서로에게 바라기만 할 뿐, 정작 자신을 돌아보지 못한 탓이었다.

내가 사랑을 잃은 이유는,
결국 나였다.

결정적 한마디

우리 사이를 단단하게 하는 것은
사실 그리 힘든 일이 아니었다.

내가 너에게 무슨 행동을 했으며,
어떤 말을 했고, 앞으로 어떻게 하겠다는
구체적 설명이 필요할 때가 있지만

그것에 앞서 필요한 것은
너를 사랑한다,
그 말 한마디였다.

그만큼 하기 쉽고
누구나 할 수 있는 말이지만
결정적 순간,
그만큼 힘을 가진 말은 없었다.

내일 더 친해지는 사람

사랑하는 사람과
친하게 지내고 싶다.

굳이 말하지 않아도 편안한 사이,
항상 축제 같은 날보다
부담스럽지 않은 날들을 함께하고 싶다.

서로가 좋아하는 것만
마냥 해주는 것 말고,

서운한 것 묵혀두지 않고
속 깊은 이야기를 나누면서

그다음 날
더 친해지는 사람을 만나고 싶다.

합리적인 이야기

나를 흔들 수 있는 사람이 너뿐이라
너를 만나야만 한다고 생각했다.

나른한 일상을 생기롭게 바꾸는
너의 존재는 나에게 희망이었다.

굴러가지 않는 바퀴를
쌩쌩 굴러가게 하는 매력에
다른 누군가는 생각할 수 없었다.

그런데 지금,
나를 흔드는 네가 버겁다.
잔잔한 일상을 송두리째 뒤집어
예측할 수 없는 상황으로 몰아가는
너를 감당하기가 버겁다.

흔들릴 수는 있어도
무너질 수 없는 일상이 있고,
미룰 수는 있지만
포기할 수 없는 책임감이 생겼다.

자극적인 이야기들보다
잔잔하고 무난한 일상이 좋다.

네가 좋은 사람인지
아닌지가 중요한 게 아니다.
너를 감당할 수 있느냐 하는 것이
지금의 나에게는 합리적인 이야기이다.

지금과 그때의 차이는
너와 내가 감당하는
현실의 무게가 다르다는 것이다.

사랑까지 가지 않는 것은

너와 자꾸 비교돼서
다른 사람 만나기가 어려운 줄 알았다.

너보다 예쁘지 않아서,
너보다 성격이 별로라서,
너보다 나를 잘 몰라서….

다른 사람과 비교하기 때문에
내 사랑이 어렵다고 생각했다.

하지만 내가 정말 놓친 것이 있었다.

지난날의 나는 힘껏 사랑했고
거침없이 달려갔지만
지금은 상처 받기 싫어서
과감하지 못한 내 모습에 실망해서
굳이 사랑까지 가지 않는 것은 아닐까.

사랑이 끝나고

견디기 힘든 것은

그 사람이 떠나간 뒤의 공허함보다

사랑할 때

보여주지 말았어야 하는 치졸함이다.

다시는

그 추억을 덧칠할 수 없기 때문에.

행복의 충분조건

나의 행복에
꼭 네가 있어야만 하는 것은 아니다.

너와의 시간은 행복했고
우리의 추억은 즐거웠으며
그때의 기억은 눈부시지만

그날의 우리가 변했듯이
행복의 기준과 조건도 변했다.

이제 누가 있기 때문에
행복하다고 생각하지 않는다.

누가 있어 행복할 수는 있지만
꼭 누군가 곁에 있어야만
행복한 것은 아니다.

사랑보다 나은 말은

사랑한다는 한 마디가
성의 없고 무책임해 보여서

한동안 사랑한다는 말보다
더 나은 표현을 찾으려고 애쓰던 때가 있었다.

하지만 너를 마주하면 가슴이 벅차올라
나도 모르게 사랑한다는 말이
툭 튀어나오곤 했다.

이 세상에 사랑한다는 말보다
더 나은 표현은 없었다.

안도감

헤어지고 몰래 훔쳐보던 너의 SNS,
네 옆에 나의 모습을 그려 넣는 상상을 했다.
그러면 참 좋을 텐데, 행복할 텐데….

시간이 흐르니
내 모습을 그려 넣는 상상보다
그대로 행복한 네가 마음에 남았다.

그 미소를 지켜주지 못했다는 후회와
너에게 미소가 다시 떠올랐다는 안도감.

거창하게
너를 찾겠다는 마음은 버렸다.
지금은 너의 미소가
오래도록 떠나지 않기를 바랄 뿐.

표현하지 못하는 이유

세상 전부였던 너와
몇 마디 나누지 못하고
남보다 못한 사이가 되어버린
사랑이 너무 버거웠다.

그래서 어느 순간
호감이 가는 사람에게도
호감이 가는 만큼 조심스러웠다.

사랑의 감정은 달콤하지만
언제 나를 위협할지 모르는 독이었다.

그래서 감정을 억눌러야만 했고,
결국 표현하지 못하는 사람이 되어버렸다.

나에게 허락된 이 순간이

영원하지 않음을 인정하는 것.

그래서

현재에 최선을 다하는 것이

앞으로 뒤돌아볼 과거를 후회하지 않는 일이다.

네가 생각나서

현실에 부딪혀 좌절했고
곧이어 무력감이 찾아왔다.

나의 일상과 목표가
힘없이 떠내려가는 느낌을 받았을 때
나는 네가 생각났다.

내가 잘하지 못하는 걸 잘하게 만들었고,
내가 하기 싫어하는 걸 다시 하게 만들었고,
내가 잘하는 걸 더 잘하게 만들었던
네가 생각났다.

너를 이해한다는 이해할 수 없는 일

그때는 보이지 않았던 것들이 보이기 시작했다. 미처 생각지 못했고 대수롭지 않게 여겼지만 돌이켜보니 달라진 것들이 생각보다 많았다. 그래서 자연스레 너를 조금은 이해할 수 있게 되었다.

서로를 배려한다며 우리는 불만을 숨겨두었다.
꺼내봤자 소용없다며, 싸우기 싫다는 이유로
우리는 서로의 마음을 속였다.

오해가 쌓여갔지만 싸움은 늘지 않았다. 어색한 웃음이 늘었고 설렘은 잦아들었다. 아무 일 없는 척했지만 그 빈자리를 메운 것은 또 다른 불안감이었다. 곱게 볼 수 있는 사소한 일도 혹시 나와 같은 생각이 아닐까, 두려움에 떠는 시간이었다.

사랑했지만 사랑하지 않았다.
이해한다고 했지만 이해하지 않았다.

서로를 이해한답시고 경험하지 못한 세계를 각자의 시선으로만 바라보았다. 우리는 이야기를 잘 풀어나가는 법을 몰랐다. 서로의 세계에 발을 들여놓는 게 그 세계를 망가뜨리는 것이 아닌데 그 생각까지 우리는 가닿지 못했다.

버리는 남자, 모으는 여자

미련이 많은 남자는
방안에 무언가를 가득 채워 넣는다.

깔끔한 성격의 여자는
필요 없는 것을 구분해 모두 정리한다.

둘은 서로의 생각을 이해하지 못한다.

왜 쓸 수 있는 걸 버리지?
왜 쓰지도 못하는 걸 쟁여두지?

둘은 갈등한다.
누구도 틀린 건 아니지만 다르기에 갈등한다.

시간이 흘러
둘이 헤어지는 순간

버리지 못하는 남자가
필요 없는 것들을 버리기 시작한다.

정리하는 것이 익숙한 여자가
의미를 부여하며 물건들을 모아둔다.

그땐 왜 이러지 못했을까 후회하며
서로를 이해하기 시작한다.

사람이란 그런 존재이다.

끝에 가서야 거기가 끝인 줄 알고,
저지르고 나서야 그때
그러지 말았어야 했다는 걸 깨닫는다.

일을 포기할 때, 사랑을 그만두고 싶을 때

일을 포기할 때와 사랑을 그만두고 싶을 때,
그다지 많은 차이가 있다고 생각하지 않는다.

우리는 일을 할 때, 그리고 사랑을 할 때
왜 포기하고 싶었고 그만두고 싶었는지
남들에게 설명하려고 애쓴다.

하지만 그보다 중요한 것은
한계 상황에서 문제를 어떻게 해결하려고 했는지,
자신의 의지에 대해 의문을 갖는 일이 아닐까.

내 사랑은

아는 것보다는 느껴지는 것,

느껴지는 것보다는 깨달음이 더 많았으면 좋겠다.

서로가 서로일 수밖에 없는

깨달음의 시간들로 꽉꽉 채워졌으면 좋겠다.

나는 멈추는 법을 몰랐다

전속력으로 달리면 멈추고 싶을 때 바로 멈출 수가 없다. 멈추려는 순간 몸이 앞으로 쏠려 내가 멈추고자 했던 지점보다 조금은 멀리 내닫게 된다. 너를 사귀던 시절에 내가 그랬다.

나는 멈추는 법을 몰랐다. 오로지 불타오르는 마음을 너에게 보여주고 싶어서, 내가 너를 이만큼 사랑한다고 외치는 것만이 내가 할 수 있는 최선이자 최대의 노력이었다.

네가 그 자리에 가만히 있어만 준다면, 온 세상을 너에게 안겨줄 것처럼 폭주하던 나였다. 그럼에도 그 시절이 순수하다고 말할 수 있는 건 오로지 내가 줄 수 있는 사랑만 생각했기 때문이다. 네가 나에게 줄 수 있는 사랑은 중요하지 않았다.

너에게서 받은 상처로 인해 사랑에는 쉼표가 필요하다는 것을 배웠다. 때로는 뜸을 들여야 하는 순간도 있고, 멈추고 참아야 하는 순간도 있다는 것을 배웠다. 그것이 너를 잃고 배운, 작지만 커다란 지혜이다.

이별의 경험치

우리는 수많은 헤어짐을 경험한다.

하지만 그런 경험을 한다고 해서
헤어짐이 능숙해지거나 자연스러워지지는 않는다.

다만, 그런 일들이 반복될수록
주변에 얘기하는 경우가 줄어든다.

날이 갈수록
속마음을 꺼내놓기보다
홀로 감당하는 시간이 늘어간다.

변함없이 응원합니다

당신은 달라졌습니다.

우리의 처음,
그때의 나와 당신은
너무도 많이 달라졌습니다.

그때의 당신은
지금의 당신에게
조금 묻어 있는 흔적과도 같습니다.

언뜻 보이는 희미한 모습에
지난날의 당신을
아련히 떠올리기도 합니다.

녹록하지 않은 일상에 지쳐서인지
순수한 내면이 세상과 맞지 않아서인지
깜짝 놀라는 일이 많아졌습니다.

그래도 나는 당신이 좋습니다.
그때의 흔적도,
지금의 모습도 다 마음에 듭니다.

그때는 그 모습대로
지금은 또 지금대로
당신의 변화가 싫지 않습니다.

시간이 흘러
당신의 또 다른 변화에도
내가 함께했으면 좋겠습니다.

변함없이
당신의 변화를 응원합니다.

잘 지낼게요.

아주 잘 지내고 있을게요.

한동안 내 걱정이 되겠지만

그 마음은 곧 사라질 거예요.

그래서 걱정하는 것보다는

더 오래 잘 지낼게요.

오래 떨어져 있을 테니까

오래 잘 지낼게요.

오래 기다리겠다는 말은

굳이 하지 않을게요.

우리는 각자의 말로 사랑을 했다

2018년 10월 22일 초판 1쇄 | 2018년 10월 31일 4쇄 발행
글 · 조성일 | 그림 · 박지영

펴낸이 · 김상현, 최세현
편집인 · 정법안
책임편집 · 손현미 | 디자인 · 김애숙

마케팅 · 김명래, 권금숙, 심규완, 양봉호, 임지윤, 최의범, 조히라, 유미정
경영지원 · 김현우, 강신우 | 해외기획 · 우정민
펴낸곳 · 팩토리나인 | 출판신고 · 2006년 9월 25일 제406-2006-000210호
주소 · 경기도 파주시 회동길 174 파주출판도시
전화 · 031-960-4800 | 팩스 · 031-960-4806 | 이메일 · info@smpk.kr

ISBN 978-89-6570-701-1 (03810)

• 이 책의 국립중앙도서관 출판시도서목록은 서지정보유통지원시스템 홈페이지(http://seoji.nl.go.kr)와 국가자료공동목록시스템(http://www.nl.go.kr/kolisnet)에서 이용하실 수 있습니다.
(CIP제어번호:CIP2018031968)
• 잘못된 책은 구입하신 서점에서 바꿔드립니다. • 책값은 뒤표지에 있습니다.
• 팩토리나인은 ㈜쌤앤파커스의 에세이·실용 브랜드입니다.